Ralf Neubohn (Herausgeber)

Nicolas Lange

Bühne frei für Fasching und Halloween

Ralf Neubohn (Herausgeber)

Nicolas Lange

Bühne frei für Fasching und Halloween

Bibliografische Information der Deutschen Nationalbibliothek
Die Deutsche Nationalbibliothek verzeichnet diese Publikation
in der Deutschen Nationalbibliografie;
detaillierte bibliografische Daten sind im Internet
über www.dnb.de abrufbar.

Herstellung und Verlag: BoD – Books on Demand, Norderstedt

ISBN: 978-3-7526-8340-0

Dieses Buch ist dem Autor Nicolas Lange und dem geheimnisvollen Alpaka gewidmet!

Inhalt

Vorwort

Ich habe schon viele Abenteuer mit Terry, Berta Babbelbergle und Ludwig P. Lesi-Les erlebt. Eines aufregender als das andere. So, dass es mir stets schwerfällt, welche der vielen gemeinsamen Erlebnisse ich für meine Bücher auswählen soll. Denn jedes meiner Bücher in denen ich von ihnen berichte, ist nur eine kleine Auswahl aus einem Autorenleben voller literarischer Abenteuer.

Hoffentlich haben Sie an den heutigen Berichten aus unserem Autorenleben so viel Freude wie wir selbst.

Ebenfalls in diesem Buch vertreten ist der vielversprechende Autor Nicolas Lange. Er ist ein Talent, von dem man noch viel hören wird!

Viel Spaß beim Lesen wünschen wir Ihnen allen, bis bald?

Ihr Ralf Neubohn

Nicolas Lange

Fasching:

Leute mit einem närrischen Hang
Freu'n sich auf Fasching Wochen lang.

Wer kann für Fasching sich entzücken,
weiß die Zeit bis Ostern wohl zu überbrücken.

Kaum hat die fünfte Jahreszeit begonnen,
scheinen Kummer und Sorgen wie zerronnen.

Die Menschen ziehen durch die Straßen in Kolonnen,
so freudig und so ausgelassen, als hätten im Lotto sie gewonnen.

Und wer zum selber feiern viel zu träge ist,
auch für den ist Fasching nicht gleich Mist.

Man kann das Feiern ruhig den ander'n überlassen,
muss sich selbst nur passiv damit befassen,
kann fern bleiben den belebten Gassen.

In den Faschingstagen läuft, für manche ist es Zeitverschwendung,
fast in jedem Fernsehkanal eine Faschingssendung.

Wie immer die sich auch betiteln,
(fast) alle können sie viel Stimmung übermitteln.

Musik und Tanz dürfen nicht fehlen,
um das Ganze zu beseelen!

Doch dies ist oft nur ein Teil des großen Ganzen,
so wie in der Hauseinrichtung die Pflanzen.

Büttenreden, ob polit-satirisch oder nur Geblödel,
über Politiker oder Kartoffelknödel,
sind die Sachen, die den Fernseh-Fasching ausmachen.
Laut und herzlich kann man da oft lachen.

Sicher, oft muss man den Humor auch mögen,
wenn von den Witzen kommen die eher blöden,
um vor dem Fernseher nicht zu veröden.

Doch sieht man das Niveau auch gern mal sinken,
tut freundlich hinterher ihm winken,
Dann ist das eine sonnenklar:
Fasching ist ganz einfach wunderbar!

Die Stimmung ist mit keiner ander'n zu vergleichen,
nicht bei Armen, nicht bei Reichen.

Ganz allgemein zählt an Fasching nicht, ob arm, ob reich,
sondern nur ob närrisch und ob alkohol-geeicht.

Und sieht man auch mal nicht mehr ganz so klar,
so sieht man trotzdem: Fasching ist und bleibt ganz wunderbar!

Ein kleines, nicht sehr niveauvolles oder qualitativ hochwertiges Faschingsgedicht

Heut' geh ich zum Karneval
Man sagt, ich hab' nen riesen Knall,
denn ich liebe Karneval.

Beim Karneval sieht man mich überall.
Alkohol gibt's dort auf jeden Fall,
vielleicht bringt der Alkohol auch mich zu Fall.
Ein Hoch auf den Karneval!

Fasching, wenn man ein Hund ist

Hallo zusammen! Ich bin Max, der Hund. Ich lebe mit meinem Herrchen in einem Vorort von Köln … ich muss allerdings zugeben, dass ich weder genau weiß, was ein Vorort sein soll, noch wirklich eine Vorstellung von ‚Köln‘ habe … aber ich höre immer, wie mein Herrchen zu anderen Menschen sagt: ‚Ich lebe mit meinem Hund in einem Vorort von Köln‘. Und da habe ich mir gedacht, ich tausche einfach ‚Hund‘ gegen Herrchen und lasse den Rest gleich. Dann wissen wohl alle Bescheid.

Neulich war ja mal wieder dieser ‚Karneval‘, wie mein Herrchen es immer nennt, in eben diesem Köln … Wahrscheinlich ist Köln einfach das Revier von diesen ‚Karneval‘-Veranstaltern. Dieses Wort habe ich mein Herrchen auch schon öfter sagen hören und glaube, das sind die Menschen, die den Karneval machen. Mittlerweile habe ich allerdings so meine Zweifel, ob diese Definition von Köln so ganz treffend ist.

Ist schon blöd … als Hund, da kann man ja immer nur nach seinen Hunde-Fähigkeiten versuchen zu erschließen, was das alles bedeuten soll ... fragen kann man ja nicht. Die Menschen verstehen immer nur „Wau" … so klingt jedenfalls ihr kläglicher Versuch, unser Bellen nachzuahmen … die Antworten meines Herrchens, wenn denn welche kommen, sind dann immer dieselben:

„Pscht Max! Jetzt leise, hier sind Leute!", oder „es ist drei Uhr nachts und das ist ein Mehrfamilienhaus."
„Was ist denn ein …?"
„Max, aus!"
„Na gut"

Oder wenn keine Leute da sind: „Jaaa, Max, du bist ein ganz feiner Hund!"

„Weiß ich doch, aber was ich wissen wollte ..."

„Ein gaaanz feiner Hund bist du!"

„Ist angekommen, aber ..."

„Willst Du ein Leckerli?"

„Ja, gut, das nehm' ich auch."

Das ist dann zwar prima, aber das macht mich nicht schlauer ... und auch nicht schlanker. Dafür heißt es dann bei Wind und Wetter: „Komm Max, wir gehen Gassi. Ein paar Kilos verlieren" ... mittlerweile bin ich so weit, dass ich verstanden habe, dass er damit meint, dass ich eine Zeit lang nur noch die Spitze von meinem hin und her wedelnden Schwanz gesehen habe, wenn ich vor diesem komischen Ding gestanden bin, in dem immer so ein Dackel auftaucht, wenn ich davor stehe ... anscheinend bin ich das, wie ich mittlerweile verstanden habe ... 'Spiegel' oder so, nennt mein Herrchen das immer ... aber so nennt er auch diese komischen roten Hefte, die ständig immer und überall in der Wohnung herum fahren und die ich nicht abschlecken soll (die allerdings sowieso überhaupt nicht gut schmecken) ... in denen sehe ich ganz eindeutig nicht diesen Dackel, sondern eine ganze Menge Dinge, die ich teilweise lieber nicht gesehen hätte.

Nun ja, ich schweife ab (diesen Begriff habe ich mir über die letzten drei Jahre mühsam erschlossen ... ich bin sehr froh, dass ich ihn hier wenigstens einmal loswerden konnte!).

Jedenfalls soll ich also Kilos verlieren und das wäre dann wohl etwas Gutes ... als er seinen Schlüssel verloren hat, hat das mein Herrchen allerdings ganz und gar nicht gefreut ... ob ‚verlieren' nun also etwas Gutes oder etwas Schlechtes ist, das habe ich noch nicht herausfinden können. Und wie gesagt, fragen kann man ja auch nicht als Hund. Und diese tolle ‚Hunde-Schule‘ bringt einen ja auch mal so überhaupt nicht weiter … da lernt man ungefähr drei Worte: ‚Sitz‘, ‚Platz‘ und ‚Aus‘ und muss sich entsprechend verhalten, auch wenn man dafür gerade überhaupt keinen Grund sieht … und es fällt den Leuten da auch sofort auf, wenn man statt ‚Sitz‘ zu machen nur halb runter geht und einen Haufen machen will. Ein Glück muss ich da nicht mehr hin! Mein Herrchen hat mich bald wieder herausgeholt und gemeint, dass er die Schule früher auch nie gemocht hat. Ein gutes Herrchen habe ich!

Herrchen wollte auch nicht, dass ich in die Schule gehe … das war Frauchen, als sie noch da war. Also Frauchen zwei … Frauchen eins war ganz lieb, genau wie mein Herrchen. Sie hat mich damals unter meinen Geschwistern ausgesucht, als wir Welpen waren, hat mein Herrchen mir erzählt, und sie hat mich immer verwöhnt. Mit Frauchen eins haben wir auch noch wo anders gewohnt … Aber irgendwann ist sie nicht mehr zu uns in die Wohnung, sondern zwei Häuser weiter zu Hündin Dana und ihrem Herrchen … Peter, glaube ich. Die habe ich vom Gassi gehen gekannt. Ziemlich bald darauf sind wir hier her gezogen … mein Herrchen wollte unbedingt … Ein Glück, sage ich: Diese Hündin Dana war nicht zu ertragen … wenn wir die getroffen haben, musste das Wetter nicht mal schlecht sein, damit mir das Gassi gehen keinen Spaß mehr gemacht hat (aber nur mal nebenbei: Warum die Menschen nur immer denken, wir würden uns freuen, wenn sie sich großmütig aufopfern, mit uns bei Wind und Wetter raus zu gehen … Ich habe immer versucht meinem Herrchen zu sagen: „Du, ich würde mindestens genauso gerne hierbleiben, wie Du. Und wenn ich mal muss … Peter hat doch einen Vorgarten.“ Aber natürlich war alles, was er verstanden hat, mal wieder nur „Wau“ … irgendwann habe ich es aufgegeben…). Auf jeden Fall war Dana furchtbar. Hier mal ein paar Worte, die ich über die Jahre gesammelt und deren Bedeutung ich mir erschlossen habe, von denen ich denke, man könnte Dana so beschreiben: Zicke, dumme Kuh, Miststück, blöde Schnepfe, Drecks... äh ja, also sonst noch ein paar Worte die mein Herrchen höchstens vor seinen Freunden sagt und vor mir, aber das wohl auch nur, weil er nicht glaubt, dass ich ihn verstehen kann ... oder besser gesagt: Weil von mir sicher niemand jemals davon erfahren wird.

Was genau an ihr alles so schrecklich war, erzähle ich bei Gelegenheit mal wann anders ... das würde mich jetzt zu sehr aufregen und ich soll mich ein paar Tage nicht so aufregen, seitdem ich vorgestern mal wieder diese herrlich duftende Flüssigkeit aus der Tasse meines Herrchens geschlabbert habe ... angeblich bekommt mir Kaffee nicht ... ich bin da zwar anderer Meinung aber gut, ich bin kein Tierarzt. So oder so ähnlich würden Menschen das wohl ausdrücken.

Ja, und etwa ein halbes Jahr später kam dann Frauchen zwei ... die mochte mich von Anfang an nicht besonders ... das hat aber auf Gegenseitigkeit beruht (das ist übrigens einer der ersten Begriffe, den ich mir mühsam erschlossen habe). Dumm nur, dass mein Herrchen sie am Anfang wohl gemocht hat und sie auch mein Herrchen und ich dann in diese Hundeschule musste, obwohl ich mich meiner Meinung nach nie oder so gut wie nie schlecht benommen habe. Da gibt es andere Hunde, die das deutlich mehr machen. Und dass ich mich hinsetzen soll, das habe ich auch vorher schon verstanden. Nur hatte ich nicht unbedingt immer so große Lust, dies zu tun, wenn man mich darum gebeten hat. Andere Hunde scheinen dagegen weniger einzuwenden zu haben, aber ich gehöre doch eher zu denen, die eigentlich ganz gerne selbst darüber entscheiden, wann sie sitzen, stehen oder liegen. Aber na ja: Da ich mein Herrchen mag, habe ich mich nicht groß gewehrt und gute Miene zum bösen Spiel gemacht (bis ich diesen Begriff kapiert hatte … ich sage Euch …), nur ganz selten geknurrt, Frauchen nie ins Bein gebissen, ihre Schuhe nicht als meine markiert (dass das nicht gut ankommt, weiß ich schon seit Frauchen eins … und auch, dass mir diese Dinger nicht das Geringste bringen…).

Irgendwann mochte dann aber auch Frauchen zwei mein Herrchen nicht mehr … warum, habe ich nicht genau herausgefunden … ich glaube aber zumindest, dass es gar nichts mit mir zu tun hatte. Erst war mein Herrchen zwar traurig darüber, wohingegen ich mich natürlich darüber gefreut habe … allein schon, weil ich aus dieser dummen Hundeschule raus durfte (wenn ich überlege, wie lange Menschen in ihre Schule gehen müssen … also mit denen möchte ich ganz sicher nicht tauschen). Mittlerweile sind wir aber beide froh, sie los zu sein. Mein Herrchen sagt immer mal wieder: „Ach, Max, mein Guter, ist es nicht schön so zu zweit ganz ohne Frauchen … so ruhig, so entspannt", oder etwas Ähnliches und ich belle dann einmal … darauf haben wir uns mittlerweile nämlich einigen können, dass einmal bellen ‚Ja' heißt … ob zwei Mal bellen allerdings ‚Ja ja' oder ‚Nein' heißt, da gehen die Interpretationen teilweise doch schon wieder auseinander beziehungsweise sind eben immer mal unterschiedlich, was Kommunikation natürlich entsprechend schwer macht. Aber in dieser Frage, da sind wir uns einig und das wissen wir auch beide und sind froh darüber! Also, um mal wieder auf das eigentliche Thema zu kommen: Es war ja neulich, also vor ein paar Wochen, dieser besagte ‚Karneval'.

Dass eine Woche rum ist, merke ich immer daran, wenn mein Herrchen abends den Fernseher anschaltet und sich einen dieser Filme anschaut, um sich davon abzulenken, dass er am nächsten Tag wieder zur Arbeit gehen muss, bei dem er dann die ganze Zeit nur immer wieder den Kopf schüttelt und ab und zu lacht und meint:

16

„Oh man, was schau' ich mir hier eigentlich an" ... Ich glaube, das ist noch aus der ‚Frauchen-eins-Zeit' übrig geblieben, diese Gewohnheit. Nur, dass dann keine Antwort, wie „Ach komm' schon!", oder „Einmal in der Woche wirst Du das doch ertragen, oder?", und dann ein Schlabbern über den Mund (wobei ich mir neulich habe sagen lassen, dass das bei Menschen irgendwie anders heißt und auch etwas anders funktioniert ... hat mich dann aber doch auch nicht so brennend interessiert, muss ich zugeben ...). Ich habe das mal spaßeshalber probiert ... aber natürlich hat mein Herrchen wieder nur „Wau, wau, wau", verstanden und dann gemeint hat: „Ja genau, schwer zu ertragen, oder?" ... immerhin habe ich da dann sicher gewusst, dass er mich absolut überhaupt nicht verstanden hat.

Es war also Karneval und man muss wissen, mein Herrchen ist davon ganz begeistert. Er freut sich schon Wochen vorher darauf, sagt mir immer wieder „Max, bald ist wieder Karneval. Ich freu' mich schon wie Schnitzel" (blöder Ausdruck ... ich musste dann immer den ganzen Tag an Schnitzel denken und nie hat es welches gegeben ...).

Wenn er das dann zum dritten Mal am selben Tag sagt (ob nun mit oder ohne Schnitzel), was gar nicht mal so selten vorkommt, versuche ich ihm zu vermitteln, dass ich es erstens selbst langsam weiß und zweitens auch zur Kenntnis genommen habe, dass er es weiß ... aber was er wieder versteht, ist eben „Wau, wau, wau", woraus er macht: „Jaa, Du freust Dich auch schon. Ganz bestimmt". Damit hat er allerdings in der Tat nicht so ganz Unrecht.

Ich freue mich tatsächlich auf diesen ‚Karneval', was für einen Hund wohl recht ungewöhnlich ist, wie ich in den letzten Jahren immer wieder erfahren habe. Es ist aber auch schon ungewöhnlich, dass mein Herrchen mich überhaupt dort hin mit nimmt. Das hat er zwar nicht schon immer gemacht, aber mittlerweile doch schon seit fünf Jahren, glaube ich. Vielleicht auch schon sechs oder sieben sogar. Auf jeden Fall haben wir beim ersten Mal noch mit Frauchen eins zusammen gewohnt und waren dort bei einem kleineren Karneval. Ich glaube, dieser Karneval-Mensch hat sogar mehrere Reviere. Aber manche sind eben größer und andere kleiner. Das Revier, in dem wir mit Frauchen eins waren, war eindeutig eins von den kleineren, wenn ich das mit diesem ‚Köln‘ Revier vergleiche … Menschen können ja sicher mehrere Reviere haben, schließlich können die jederzeit überall hin … 'reisen‘, nennen sie das glaube ich.

Allerdings bin ich mir, je öfter ich darüber nachdenke, gar nicht mal mehr so überaus sicher, dass das bei Menschen überhaupt so funktioniert mit den Revieren. Einige Dinge passen da nicht so ganz dazu … aber das ist auch wieder ein anderes Thema. Gerade geht es ja eigentlich um den Karneval und die Frage, warum mein Herrchen mich dort überhaupt mit hinnimmt, seit fünf oder sechs Jahren.

Ich bin übrigens acht Jahre alt. Das sagt mein Herrchen jedenfalls immer, wenn Leute ihn danach fragen. Scheinen aber keine Hunde-jahre zu sein … zumindest habe ich auch schon gehört, wie dann ein Frager, nachdem er die Antwort bekommen hatte, gesagt hat: „Oh, dann ist er ja in Hundejahren auch nicht mehr ganz jung. Hat sich aber gut gehalten.“ Damals habe ich mit diesem Satz allerdings nicht viel anzufangen gewusst. Mittlerweile weiß ich aber, dass es das war, was Menschen unter sich ‚Kompliment‘ nennen und dass so ein ‚Kompliment‘ durchaus etwas Positives ist. Seitdem ich das herausgefunden habe, kann ich diesen Frager auch viel besser leiden. Ich mag ihn sogar richtig gerne und laufe ihm deshalb zur

Begrüßung (er ist ein Freund von meinem Herrchen und kommt uns ab und zu besuchen) immer schwanzwedelnd um die Beine, was ihn auch zu freuen scheint. Die meisten Menschen scheinen das ja immerhin verstanden zu haben, dass so etwas ein Ausdruck von Freude und Freundlichkeit ist.

Das mit den Hundejahren ist allerdings so eine seltsame Sache ... wir Hunde haben nämlich gar keine eigenen Jahre. Zumindest wüsste ich davon nichts und auch alle meine Hundekollegen, die ich beim Gassi gehen, oder wo auch immer, gefragt habe, haben gemeint, dass ihnen das nicht bekannt wäre. Wir hätten nämlich eigentlich gar keine Jahre, orientieren uns aber, weil es auch gar nicht so unpraktisch ist, eben einfach an den Menschenjahren.

Andere Tiere mögen ja ihre eigenen Jahre haben, aber wir Hunde ganz sicher nicht! Eigentlich wollte ich ja immer mal die Nachbarskatze fragen, wie sich das bei denen so verhält ... aber die ist immer so dermaßen unfreundlich und schnippisch ... da muss ich immer gleich wieder an Hündin Dana denken ... und spätestens dann habe ich keine Lust mehr, das mit ihr zu bereden. Ich meine, fragen könnte ich mal, aber ich glaube ehrlich gesagt auch kaum, dass sie mir antworten würde.

Und auch die meisten anderen Katzen rennen nur immer entweder vor mir weg, oder fauchen mich so aggressiv an ... da versteht übrigens nicht nur der Mensch, sondern auch sonst jedes Tier nichts weiter, als dieses fauchende Geräusch ... Es heißt, manchmal ist noch so ein ‚Verzieh dich‘ oder irgendetwas in der Art zwischen gehaucht, aber das ist dann nicht das Fauchen selbst. Auch der Hase von einem Freund von meinem Herrchen erschrickt immer nur fürchterlich, wenn er mich sieht. Den kann ich also auch nicht fragen.

19

Der hat wohl aber auch schlechte Erfahrungen mit einigen meiner Hundekollegen gemacht. Manche von uns sind auch wirklich teilweise recht aggressiv. Meistens untereinander, oft aber auch anderen Tieren gegenüber. Selten auch mal bei Menschen, aber die verstehen das, glaube ich, auch oft nur falsch. Gut, auch das ist wieder ein anderes Thema.

Jedenfalls versuche ich dann dem Hasen zu erklären, dass ich ihm erstens nichts tun will, und zweitens, selbst wenn ich wollte, gar nichts tun könnte, da er ja in seinem Stall ist und ich außerhalb und das ein Stall mit echtem Schloss ist, damit ihn keiner klauen kann, ich also dementsprechend genau so wenig zu ihm rein kommen kann, wie er zu mir raus und ihn drittens gerne etwas fragen würde ... aber erstens kriegt der Hase dadurch nicht weniger Angst und zweitens kommt spätestens dann auch mein Herrchen, der mal wider nur „Wau, wau", versteht und meint: „Komm Max, lass doch den armen Hasen in Frieden. Der stirbt doch vor Angst."
„Ja, ich erkläre ihm ja gerade, dass er keine Angst zu…"
„Ma-hax, jetzt komm bitte!"
„Na, gut, kannst ja nichts dafür, dass Du mich nicht verstehen kannst", denke ich dann und komme.

Und der Hamster von einem anderen Freund meines Herrchens, der ist einfach zu doof. Der hat überhaupt nicht die geringste Ahnung, wovon ich rede:

„Was? Hundejahre? Hamsterjahre? Was willst Du von mir? Lass mich weitermachen."

Und dann schiebt er sich unmotiviert irgendwas in die Hamsterbacken ... und wenn ich dann frage: „Sag mal, wer glaubst Du sollte Dir hier bitte Dein Futter wegnehmen?!", springt er nur wieder in sein Hamsterrad. Und dann kommt sowieso wieder mein Herrchen und meint, ich solle nicht immer andere Tiere anbellen, die doch viel kleiner sind, als ich.

Ich habe mir mittlerweile abgewöhnt, mich darüber zu ärgern … Er kann mich eben nicht verstehen und muss wahrscheinlich so etwas denken. Damit muss ich eben leben. Er meint es ja auch nur gut.

Was es mit diesen Hundejahren also auf sich hat, weiß ich bis heute nicht und werde es vielleicht auch nicht mehr herausfinden können.

Wenn ein Menschenjahr vorbei ist, das kriegt man ja relativ leicht mit und kann sich darüber auch erschließen, was ein Jahr ist.

Die Menschen, das kann man auch als Hund eindeutig sagen, machen ja nun wirklich kein Geheimnis daraus, wann bei ihnen ein Jahr endet und ein neues beginnt.

Die feiern ja zu diesem Anlass immer ein richtiges Fest. So nennt man das unter Menschen ja, wenn ich mich recht erinnere. Und zwar immer ziemlich bald nach diesem anderen Fest, das wohl auch jedes Jahr stattfindet, bei dem es immer so herrliches Essen gibt, das ich auch so gerne mag. Also das Fest, nicht das Essen … also nicht nur das Essen jedenfalls, sondern auch das Fest allgemein … Aber schon auch das Essen … Vorausgesetzt, ich bekomme überhaupt etwas davon ab … das war auch mal so und mal so. Zu diesem Fest hätte ich auch so einiges zu erzählen … aber das ist jetzt hier nicht das Thema.

Am Anfang in meinem ersten Jahr (an das ich mich noch erinnern kann) habe ich gedacht, die Menschen wären bei diesem Fest wohl so auf den Geschmack gekommen (eine der Redewendungen, auf deren Bedeutung ich ziemlich schnell gekommen bin!), dass sie gleich ein paar Tage später wieder damit anfangen … Ich bin allerdings bereits in diesem Jahr (oder wie ich später herausgefunden habe, war es ja dann bereits das nächste) etwas misstrauisch geworden, da ich gedacht hätte, es würde jetzt immer wieder alle paar Tage ein Fest geben. Ich hatte mich schon richtig darauf eingestellt und gefreut … war aber leider nicht.

Bestätigt hat sich dieses Misstrauen dann, als sich im Jahr darauf beziehungsweise eben am Ende dieses Jahres das ganze genau so wiederholt hat. Auch die Namen waren wieder genau die gleichen: Weihnachten und Silvester. Da habe ich dann gewusst, dass es irgendetwas sein muss, das sich wiederholt. Ich wusste nur noch nicht genau, in welchem zeitlichen Abstand, geschweige denn, wie ich diesen betiteln kann. Wie ich heute weiß, ist es eben genau ein Jahr. Und ich weiß auch, dass sich viele Dinge jedes Jahr wiederholen. Wie zum Beispiel dieses Fest mit den Hasen (Ostern oder so…) oder eben auch Geburtstage. Dazu würde mir auch so einiges einfallen, aber auch darum geht es hier ja nicht. Ich muss mich ja wirklich entschuldigen: Ich wollte nur mal eben schnell etwas über diesen besagten ‚Karneval‘ und meine Erfahrungen damit erzählen. Aber wenn ich so dabei bin, dann fallen mir immer wieder irgendwelche Sachen ein, die ich gerne noch erzählen würde und muss das dann irgendwie, zumindest teilweise, noch loswerden. Aber ich bin eben auch nur ein Hund und kein Mensch … Menschen können sich sicher besser kurzfassen … Bis auf einen! Von dem weiß ich, dass er es auch nicht kann. Aber ich bin doch immerhin schon stolz, dass ich mit meinen dafür doch etwas unhandlichen Pfoten in der Lage bin, einen Computer, wie Menschen das wohl nennen, zu bedienen. Ich hoffe, mein Herrchen nimmt mir die paar Kratzer daran nicht allzu übel ...

Was ein Tag ist, weiß ich natürlich auch. Das habe ich sogar schon deutlich früher gewusst, als was ein Jahr ist.

Ich weiß auch, wann ein Tag endet, was man unter Nacht versteht und dass es manchmal länger hell und kürzer dunkel ist und manchmal länger dunkel und kürzer hell … hier weiß ich allerdings nicht wieso … Nur, dass es an anderen Orten zur gleichen Zeit auch wieder anders sein kann.

Und was eine Stunde, Minute und Sekunde ist, weiß ich genauso, wie ich weiß, dass ein Tag immer 24 Stunden hat, wobei man einen Teil davon wiederum Nacht nennt … Also die Menschen sind schon manchmal wirklich ein bisschen komisch … In dieser Frage, welcher Teil des Tages nun Nacht genannt wird und welcher Tag und wann was davon anfängt und wann es endet, da sind sie sich oft nicht einmal selbst einig. Gerade vor ein paar Tagen (Ja, sowas kann ich sagen!!) Hat er sich wieder mit einem seiner Menschenfreunde darüber gestritten … wobei es sich nicht wirklich nach ernst gemeintem Streit angehört hat … das ist ja dann auch wieder so eine Sache bei Menschen: Ob sie etwas jetzt ernst meinen oder nur ‚im Scherz‘ oder ‚ironisch‘ und wann sie das machen … Aber na ja, da die Menschen das teilweise selbst nicht so genau zu wissen scheinen, brauche ich mich, denke ich, als Hund nicht unbedingt dafür zu schämen, wenn ich da teilweise so überhaupt gar nicht mehr durchblicke … das strengt auch jetzt meinen Kopf schon wieder fast zu sehr an und aufregen soll ich mich ja auch nicht. Wird also höchste Zeit, dass ich endlich zum Karneval komme! Das ist jetzt also wirklich das Letzte, was ich vorher noch schnell erzähle. Und zwar ging es darum, dass der Freund meines Herrchens behauptet hat, um neun Uhr würde der Tag anfangen, wohingegen mein Herrchen gemeint hat, dass das ja wohl noch mitten in der Nacht sei und er frühestens um elf Uhr von einem Beginn eines Tages reden würde und er so gesehen ja ständig Nachtschicht habe, ohne mehr Geld dafür zu bekommen … und so ist das dann immer hin und her gegangen und beide haben dabei viel gelacht!

Ich habe mich da natürlich raus gehalten. Zum einen, weil ich davon ja wenig bis gar nichts verstehe und zum anderen natürlich auch, weil die beiden, selbst wenn ich etwas verstanden hätte, mich ja unter Garantie nicht verstanden hätten!

So, jetzt aber endlich zum Karneval … ach Nein, ich war ja mit Silvester noch gar nicht ganz fertig. Da muss ich aber unbedingt noch ein paar Worte dazu schreiben, weil das auch ganz direkt etwas mit Karneval zu tun hat. Im Gegensatz zu vielen, wahrscheinlich den meisten, anderen Hunden, gefällt mir nämlich auch Silvester ziemlich gut. Und zwar nicht nur das Essen und die Stimmung der Menschen, die schon gut anfängt und dann immer besser wird (was ja durchaus nicht immer so ist: Mal fängt sie auch gut an und wird dann immer schlechter, ob langsam oder schlagartig und mal fängt sie schon schlecht an und wird dann immer noch schlechter …), sondern auch dieses, zugegeben wirklich laute, aber doch auch sehr schöne Feuerwerk, das eben immer genau dann stattfindet (oder zumindest stattfinden sollte … ein paar Ausreißer gibt es ja scheinbar immer …), wenn ‚das alte Jahr abtritt und das Neue sein Amt antritt‘ … so habe ich das zumindest mal irgendjemanden, es war aber glaube ich nicht mein Herrchen und ich weiß auch nicht, ob es ein echter Mensch oder einer in diesem ‚Fernscher‘ war (obwohl es diese Menschen ja oft auch in echt gibt, das weiß ich schon …) sagen hören. (Manche sind eben etwas zu früh dran, andere auch viel zu spät … die können dann wohl zu dieser Zeit gerade nicht oder wollen das alte Jahr noch länger behalten oder es vorher raus werfen … je nach dem eben …). Die meisten meiner

24

Hundekollegen gehen dann ja gar nicht erst mit raus, sondern kauern irgendwo im Haus in einer Ecke mit den Pfoten über dem Gesicht, so wie wir Hunde das eben machen, wenn wir Angst haben. In den ersten Jahren habe ich immer gedacht: „Ha, was für Weicheier!" (Eines meiner absoluten Lieblingsmenschenworte!). Wenn ich da zum Beispiel auch an Hündin Dana denke ... oh man, das war vielleicht was, wie diese schnippische Zicke, die sonst immer meint, sie sei besser als jeder andere Hund, jedes andere Tier und jeder Mensch und sich auch größer fühlt als alles andere, obwohl sie weder, was Körpergröße noch was geistige Fähigkeiten betrifft, einem Hamster besonders viel voraus hat, so klein wie noch nie vor Angst zitternd da gelegen hat. Ich glaube, das, was ich da empfunden habe, nennen Menschen Schadenfreude ... und es ist nichts wirklich Gutes, wenn ich das richtig verstanden habe ... Aber ich fand das damals ganz prima. Heute habe ich das aber im Normalfall nicht mehr, sondern mir tun meine Mithunde eher Leid und ich habe auch schon versucht, dem ein oder anderen zu erklären, dass er sich vor diesen Knallgeräuschen nicht zu fürchten braucht und das nur aus dem und dem Grund so ist ... bei den meisten war das wohl vermutlich eher erfolglos ... vielleicht hat es aber doch bei ein ganz paar oder zumindest bei einem etwas gebracht. Aber das weiter auszuführen, das würde jetzt wirklich zu weit gehen. Ich wollte das mit Silvester nur unbedingt noch kurz ansprechen, um deutlich zu machen, dass laute Geräusche und Trubel mir, anders als eben den meisten anderen Hunden, nichts ausmachen, sondern ganz im Gegenteil, mich diese gute und ausgelassene (Feier-)Stimmung der Menschen sogar recht glücklich macht, wenn man das so nennen kann, was ich als Hund empfinde. Freude eben, denke ich, trifft es schon ganz gut. Mein Herrchen und Frauchen eins scheinen das irgendwie nach einer gewissen Zeit gemerkt zu haben und haben mich deshalb dann einfach mal mit zum Karneval genommen, damit ich nicht den ganzen Tag so alleine in der Wohnung bin, wenn sie eben beide zum Karneval gehen. Mir macht es zwar eigentlich gar nichts aus, alleine in der Wohnung zu sein (ich glaube allerdings mittlerweile auch, dass sie damals eigentlich sagen hätten müssen, sie wollen die Wohnung nicht so lange mit mir alleine lassen ... ich habe wohl manchmal irgendwelche Sachen in der Wohnung veranstaltet, wenn sie nicht da gewesen sind, die ihnen gar nicht so sehr gut gefallen haben ... irgendwie haben sie das dann immer heraus- bekommen, wenn sie wieder da gewesen sind ... dabei sind sie doch gar nicht dabei gewesen ... manchmal sind Menschen irgend- wie fast gruselig ...), aber in diesem Fall war ich dann im Nachhinein doch sehr froh, dass sie mich mitgenommen haben! Wer weiß, vielleicht hätte ich sonst nie so genau erfahren, was dieses Karneval überhaupt ist und das wäre doch sehr schade gewesen, da ich mich seit dem immer gemeinsam mit meinem Herrchen darauf freue ... auch wenn ich es nicht ganz so oft erwähne wie er, da ich ihn zum einen nicht für so vergesslich halte, wie er anscheinend mich, zum anderen natürlich, weil er mich ja so oder so nicht verstehen würde. Frauchen zwei ist im Übrigen nie mit uns mit zum Karneval ge- kommen und wollte, so wie ich das verstanden habe, eigentlich auch nicht, dass mein Herrchen dort hin geht. Und dass er mich mitgenommen hat, das hat sie auch nicht verstanden ... da sie mich ja aber nicht so besonders gut hat leiden können, war sie durchaus auch nicht so erpicht darauf, dann unter Umständen mit mir alleine in der Wohnung zu sein, hatte mein Herrchen dann doch immer relativ bald durchgesetzt, dass ich mit kommen darf ... da musste ich nicht mal großartig einen bettelnden Blick auf- setzen ... denn das, das verstehen Menschen ja im allgemeinen immerhin ... jedenfalls, dass wir betteln ... worum, das lässt schein- bar wieder zu viel Spielraum für verschiedene Interpretationen.

Aber zurück zum Karneval! In diesem einen Punkt, da mache ich Frauchen zwei auch sicher keinen Vorwurf, da die allermeisten Menschen ja denken, dass man Karneval als Hund nicht allzu toll findet oder es sogar als Qual ansieht dort hin zu müssen. Und zu dieser Annahme haben sie ja sogar Grund genug, da die meisten meiner Artgenossen (ein lustiges Wort, das sich die Menschen da ausgedacht haben, finde ich) solche großen Veranstaltungen tatsächlich nicht so sehr gerne mögen oder sogar Angst bekommen … genau wie an Silvester eben … wobei, so extrem dann vielleicht doch wieder nicht.

Jetzt aber wirklich zurück zu meiner ersten Karnevalserfahrung! Herrchen und Frauchen eins haben mich also mitgenommen. Wir sind zu Fuß gegangen … es war nicht sehr weit, aber ich mit meinen kurzen Hundebeinen war hinterher doch froh, dass ich wenigstens kurz verschnaufen konnte. Schon während wir dort hingelaufen sind, haben sich Herrchen und Frauchen eins immer wieder eine Flasche hin und her gereicht, die Herrchen vorher zuhause aufgefüllt hatte … und zwar aus mehreren verschiedenen Flaschen … irgendetwas zusammen gemischt (nennt man das glaube ich) hat er da wohl, und abwechselnd einen Schluck daraus getrunken … da haben sich mir damals schon zwei Fragen aufgedrängt: Erstens, wieso hat nicht einfach jeder seine eigene Flasche gehabt und zweitens, wieso trinkt dann nicht erst einer ein paar Schluck und dann der andere … wozu dieses ständige hin und her Gereiche … das habe ich zwar bis heute noch nicht ganz verstanden, aber da ich mittlerweile ja alleine mit Herrchen zum Karneval laufe, bis er sich dort mit ein paar von seinen Freunden trifft, hat sich das ja auch irgendwie erledigt. Kurz bevor wir angekommen sind, hat mein Herrchen mir dann lachend diese Flasche hingehalten und gefragt: „Und Max, willst Du auch mal einen Schluck." Ich natürlich: „Klar, gerne. Die meisten Sachen, die ihr trinkt, schmecken

ja wirklich ganz gut … das muss man Euch Menschen lassen!" …
Frauchen eins hat dann gemeint, er solle doch den Blödsinn lassen
… das war es dann also mit dem Schluck … bis heute wüsste ich
nur zu gerne, wie das geschmeckt hat, beziehungsweise hätte, was
darin war und warum ich es nicht trinken durfte … ich glaube
aber, dass es irgendetwas war, was Hunden wohl nicht so bekommt
… denn Frauchen eins hat sonst eigentlich immer bereitwillig
alles geteilt! Ich bin heute sogar so weit, dass ich glaube, dass es
dieses Zeug war, was die Menschen so lustig und manchmal
schusselig macht … wahrscheinlich ist das für Hunde nicht gut …
wobei, wenn man Hunde davon nie probieren lässt, dann kann
man das ja eigentlich so genau gar nicht wissen. Na ja, egal! Ich
finde auf jeden Fall recht lustig, was es mit Menschen macht.
Deshalb gehe ich ja auch so gerne mit zum Karneval. Zum einen,
dass alle so lustig sind und über alles lachen. Auch über Dinge,
über die sonst nie jemand lacht … oder zumindest nicht derjenige,
der in diesem Fall eben darüber lacht … also beim Karneval …
ihr wisst hoffentlich, was ich meine. Diese gute, lustige Stimmung
gefällt mir einfach! Wenn Menschen lachen, dann werde ich auch
ganz fröhlich. Wir Hunde können zwar nicht direkt lachen, aber
etwas lustig finden, das können wir sehr wohl! Ich weiß gar nicht,
ob Menschen das wissen. Und ich persönlich finde sogar ziemlich
viel lustig. Es hat im Übrigen auch durchaus seine Vorteile, nicht
lachen zu können. Man muss dann nämlich auch nicht lachen …
und manchmal habe ich es schon erlebt, dass Menschen verärgert
gewesen sind, weil andere Menschen gelacht haben … wie das
sein kann, verstehe ich zwar nicht so ganz, aber jedenfalls ist es in
solchen Situationen ja doch recht praktisch, wenn man gar nicht
lachen kann. Denn ich finde es ausgesprochen schade, wenn die
Stimmung dadurch dann schlechter wird … verärgerte Menschen
lassen mich nämlich auch immer gleich viel weniger fröhlich sein.
Genau so wie ich auch traurig werde, wenn Menschen traurig sind.

Aber auch das mit dem ,schusselig', wie man es denke ich nennen kann, oder generell unsicher was Bewegungen des eigenen Körpers angeht und ungeschickt sein, kann teilweise für mich wiederum ziemlich amüsant anzusehen sein. Aber ich glaube, so geht es nicht nur mir, sondern auch (teilweise zumindest) anderen Menschen. Manchmal ist es aber nicht nur lustig, sondern auch vorteilhaft für mich. Gerade beim Karneval oder anderen Festen, die eine gewisse Ähnlichkeit damit haben (jedenfalls, was den Zustand der Menschen betrifft). Wenn da jemand von einem Brötchen mit einer Wurst drin abbeißt und ihm dabei die Wurst oder ein Stück davon auf den Boden fällt, und zwar bestenfalls genau vor meine Pfoten, dann ist das eine sehr willkommene Überraschung ... vor allem wenn es schon die ganze Zeit leicht nach etwas Leckerem, Essbaren riecht und ich so richtig Appetit bekomme, dann ist das ein sehr willkommener Zufall und wenn der Würstchenesser keine Anstalten macht, die Wurst wieder auf- zuheben (was bis jetzt tatsächlich noch keiner getan hat ... Menschen essen irgendwie grundsätzlich nicht vom Boden ... warum auch immer...), dann werde ich sehr gerne Esser Nummer zwei dieses Würstchens. Und mein Herrchen hat da dann auch nichts dagegen. Im Gegenteil: Er sagt dann sogar zum Beispiel so etwas wie: „Ah, Max, hast Du auch was Feines gefunden", oder er lacht zumindest darüber.

Man muss nur ein bisschen aufpassen ... Manchmal fällt nämlich, wie beim Karneval letztes Jahr, nicht nur das Würstchen, sondern auch gleich noch Esser Nummer eins hinterher ... seit dem bin ich da doch etwas vorsichtiger geworden!

Ja ja, also beim Karneval erlebt man wirklich so einiges. Und wenn man mit solchen Gefahren, wie fallenden Würstchen-Essern, rechnet, dann kann man damit ja auch umgehen. Ich habe deshalb jedenfalls keine Angst vor Karneval oder anderen Festen mit vielen Menschen bekommen. Und beim ersten Mal Karneval hatte ich ja sowieso keine Angst, war dafür aber umso gespannter, was das denn nun ist, worauf sich Herrchen und Frauchen eins, vor allem aber Herrchen, so tierisch (also wie die Menschen nur auf diese Bezeichnung gekommen sind ...) freuen. Als wir bei der Veranstaltung, oder besser gesagt am Rande dieser, angekommen sind, haben Herrchen und Frauchen eins ein paar von ihren Freunden und Freundinnen (oder Freundinnen und Freunden ... Menschen scheint es ja sehr wichtig zu sein, dass es immer so rum ist ...) getroffen, sich die Hand gegeben, umarmt und was Menschen eben sonst noch so alles zur Begrüßung machen ... wir Hunde beschnuppern uns ja meistens oder knurren uns an, falls wir uns nicht mögen. Ich knurre allerdings immer nur zurück, wenn ich einfach, meist grundlos, angeknurrt werde. Ich finde, man könnte sich eigentlich auch als Hund halbwegs zivilisiert verhalten und muss sich nicht ohne jeden Grund bepöbeln, nur weil man meint, dass der oder die andere falsch riecht oder dergleichen. Aber das scheinen wohl nicht alle so zu sehen. Da sind wir Hunde den Menschen aber, glaube ich, gar nicht so unähnlich. In diesem Fall hat aber niemand jemand anderen bepöbelt, sondern es war alles wohl vergleichbar mit beschnuppern. Einige der anderen Menschen hatten auch so eine Flasche bei sich, die der von meinem Herrchen und Frauchen ziemlich ähnlich gesehen hat ... diese wurden dann teilweise kreuz und quer herumgereicht und eigentlich hatte am Ende, soweit ich das beobachten konnte, jeder Mensch mal aus jeder Flasche getrunken. Ist schon manchmal komisch mit den Menschen: Da stört es keinen, dass an dieser Flasche schon die Schnauze (bei Menschen heißt das zwar glaube ich anders, der Begriff fällt mir aber gerade nicht ein, da es für mich eben einfach ganz selbstverständlich die Schnauze ist ... obwohl der Begriff ja auch von Menschen stammt, aber irgendwie

30

habe ich den ziemlich früh übernommen) von mindestens fünf anderen Menschen daran gewesen ist. Auch mein Herrchen nicht … als ich aber mal diesen herrlich duftenden Braten beschnuppert habe und diesen dabei noch nicht mal berührt habe (gut, vielleicht ein ganz kleines Bisschen mit den Haarspitzen an meinem Hundekinn…), war das eine mittelschwere Katastrophe und die betreffende Stelle musste abgeschnitten werden … das allerdings war dann wiederum sehr zu meinem Vorteil, da ich es dann bekommen habe. Da ich dafür aber doch ziemlichen Ärger bekommen habe, habe ich mich unterstanden, diese Taktik nochmal anzuwenden … ein braver Hunde bin ich … finde ich … und mein Herrchen ja, jedenfalls von Zeit zu Zeit, auch. Also gut, weiter im Text: Als die ganzen Leute dann wohl der Ansicht gewesen sind, dass sie die Flaschen jetzt genug herumgereicht haben und ein paar wohl auch schon leer waren, hat sich der ganze Pulk langsam aber (noch relativ) sicher in Bewegung gesetzt. Ich weiß noch genau wie mein Herrchen gefragt hat, wo es denn jetzt als nächstes hingehen soll und einer von seinen Freunden gemeint hat: „Zu Peter und Konsorten. Der hat Bier!", und mein Herrchen darauf sehr erfreut reagiert hat. Ob wegen Peter, den Konsorten oder wegen des Bieres, das weiß ich nicht oder zumindest nicht mehr genau … vermutlich aber wegen allem irgendwie. Auf dem Weg zu diesen Bier-Peter-Konsorten hat dann eine der Freundinnen, ich vermute eher von Frauchen, gefragt, ob mein Herrchen und Frauchen es denn wirklich für eine gute Idee halten würden, mich mit zum Karneval zu nehmen. Ich weiß nicht, ob sie mich in diesem Moment erst bemerkt hatte oder vorher einfach zu beschäftigt damit gewesen war, Flaschen herumzureichen, daraus zu trinken und dabei nichts zu verwechseln … jedenfalls hat sie es eben gefragt. Frauchen eins hat darauf geantwortet, dass sie sich da selbst nicht zu einhundert Prozent sicher seien, sie mich aber erstens ungern alleine in der Wohnung gelassen hätten und ich zweitens noch nie empfindlich auf Lärm oder viele Menschen reagiert hätte beziehungsweise sogar eher erfreut gewirkt habe (was auch tatsächlich gestimmt hat … und das, obwohl ich zu diesem Zeitpunkt noch nie das Vergnügen hatte, Würstchen-zweit-Esser zu sein … nur mal eine von diesen Pommes oder wie sie heißen … schlecht war das auch nicht! Aber, wie bereits erwähnt: Ich mag diese gute Stimmung der Menschen und irgendwie macht es mir eben auch nichts aus, wenn sie dabei etwas lauter sind) und sie es deshalb einfach mal gewagt hätten. Und ich habe mit dem Schwanz gewedelt und dazu einmal gebellt, um diese Aussage zu bekräftigen. Mein Herrchen hatte das offenbar auch verstanden und hat es den anderen übersetzt. Bei Bier und Peter-Konsorten angekommen, hatten plötzlich alle noch viel bessere Laune und waren auch noch viel lauter. Offenbar haben sie sich alle gefreut, sich zu sehen. Wahrscheinlich hatten sie sich länger nicht gesehen oder das letzte Mal vergessen. So genau weiß man das ja manchmal nicht. Sie haben sich also wieder auf Menschen-Art begrüßt. Und über das Bier haben alle, inklusive mir, nicht schlecht gestaunt. Im Gegensatz zu der überschaubaren Menge an neu dazu gekommenen Menschen war die Bier-Menge nämlich wirklich mehr als beachtlich. Und zwar waren mehrere Kästen, Einzelflaschen und ‚Sixpacks‘ (nennt man das wohl) der unterschiedlichsten Sorten in so einer komischen Kiste mit Rädern unten dran … also kein Auto. Nicht, dass hier jemand meint, Autos wären für uns Hunde nur Kisten mit Rädern unten dran! Das sind sie allenfalls vielleicht für diese primitiven Katzen!

Ich persönlich weiß sehr genau, was ein Auto ist, was dazu gehört, dass man etwas als eines bezeichnen kann, wo der Unterschied zum Motorrad liegt und was ein Motor überhaupt ist. Ich weiß sogar, dass es Auto oder eigentlich Automobil heißt, weil das Wort ‚auto‘ in irgendeiner komischen alten Sprache ‚selbst‘ bedeutet und das Auto von selbst fährt und nicht von irgendwelchen Pferden, Eseln Ochsen oder was auch immer man da früher alles vor gespannt hat, gezogen werden muss. Gut … das wissen die meisten Hunde vermutlich nicht, aber dass Menschen auf die Idee kommen, es sei für uns ein ‚Kasten mit Rädern dran' ist fast etwas beleidigend! Aber über Autos und alle meine Erfahrungen damit könnte ich jetzt auch wieder Stunden lang schreiben, obwohl es hier ja gar nicht das Thema ist. Also schnell zurück zu dem Kasten mit dem Bier drin. ‚Bollerwagen', richtig! So nennen die Menschen das glaube ich. Jetzt fällt es mir wieder ein. Einer der Freunde meines Herrchens hat dazu gemeint: „Ja, das ist ja 'ne geniale Idee … wieso sollte man das Teil nur am ersten Mai benutzen!" (was der erste Mai ist, das weiß ich im Übrigen auch sehr genau und den finde ich auch ganz prima. Aber um den geht es hier ja schließlich nicht.) Und einer der Bier-Konsorten hat darauf geantwortet: „Ja, eben, das haben wir uns auch gedacht. Wozu die ganzen Flaschen einzeln schleppen." Bier-Peter hat daraufhin allerdings gemeint: „Allerdings haben wir es bei der Beladung wohl doch etwas übertrieben und es ist jetzt trotzdem relativ anstrengend, das Ding durch die Straßen zu bewegen." „Na ja, da müssen wir uns halt abwechseln", hat der zweite Konsorte gemeint und alle haben ihm zugestimmt. Und mein Herrchen hat gesagt: „Ja, da ist ja wirklich einiges drin. Da wart ihr nicht geizig. Aber die Kosten müssen wir dann ja noch irgendwie aufteilen". Aber Peter hat gemeint, das ginge alles auf ihn (damals wusste ich noch nicht genau, was das heißt, heute weiß ich aber, dass das bedeutet, dass er alles bezahlt), weil er die letzten Jahre immer mal wieder Getränke und Zigaretten bei anderen geschnorrt habe. Erst war ich verwundert, da ich gedacht habe, ‚schnorren' würde ‚stehlen' bedeuten … als dann aber einer der Freunde meines Herrchens gesagt hat: „Ach, das haben wir doch gern gemacht! Und außerdem war es ja immer nur ein Bisschen", habe ich dann gedacht, dass das ja wohl nicht so ganz sein kann, dass sie ihn gerne immer ein bisschen haben stehlen lassen. Heute kenne ich auch die genaue Bedeutung und habe auch das Prinzip des Teilens (jedenfalls weitestgehend, denke ich) begriffen. Peter hat aber gemeint, dass er das auf jeden Fall so wolle, und die anderen haben sich dafür alle sehr bedankt und dann gleich damit begonnen, die ersten Flaschen zu öffnen und daraus zu trinken. Und so sind sie da noch eine ganze Weile stehen geblieben und haben getrunken.

Irgendwie weiß ich das alles noch, als wäre es gestern gewesen, obwohl es jetzt doch schon so viele Jahre her ist und ich andere Sachen, die erst vor einem oder zwei Jahren waren, schon längst vergessen habe oder ich mich nur noch teilweise und verschwommen daran erinnere. Ist manchmal schon eine komische Sache mit dem Gedächtnis. Ich weiß nicht, ob es da nur mir oder allgemein nur Hunden so geht … ich glaube aber sogar, dass das bei Menschen ganz genau so ist.

Als die ersten bereits ihre Flaschen leer getrunken hatten, hat dann jemand, da weiß ich nicht mehr genau wer es war, das angesprochen, was mir schon die ganze Zeit über aufgefallen war: Dass es unfassbar gut nach Essen duftet. Ein anderer hat dann darüber aufgeklärt, dass zwei Straßenecken weiter einer der, wie er finde, besten und gleichzeitig auch einer der günstigsten Dönerläden der ganzen Stadt sei. Nachdem dann einige festgestellt hatten, dass sie an diesem Tag noch nicht wirklich viel gegessen hatten oder schon wieder Hunger bekommen haben, hat die Versammlung dann beschlossen, mitsamt Bollerwagen diesen zwei Straßenecken weit entfernten Dönerladen anzusteuern. Das hat auch noch ziemlich gut funktioniert! Alle sind noch ziemlich gekonnt gerade aus gelaufen … damals hat mich das noch nicht so sehr beeindruckt, da ich ja noch absolut Karneval-unerfahren war, aber schon wenige

Stunden später sollte ich darüber aufgeklärt werden, dass dies beim Karneval oder vergleichbaren Veranstaltungen durchaus keine Selbstverständlichkeit ist. Bei diesem Dönerladen angekommen, wurde allerdings zunächst noch nicht gegessen, sondern das muntere Trinken fortgesetzt, da sich in diesem Laden eine im Verhältnis zur Größe des Raumes durchaus beachtliche Menschenansammlung befunden hat und sich trotzdem schon eine Schlange bis auf den Bürgersteig gebildet hatte. „Oh … wir waren wohl nicht die einzigen, die auf diese Idee gekommen sind", hat Peter gemeint und einer der Freunde meines Herrchens hat geantwortet: „Ja, hätten wir uns ja eigentlich denken können … die Dönerbude ist gut und gleichzeitig günstig und es ist Karneval". „Stimmt, viele Menschen, von denen wiederum viele Hunger haben oder zumindest meinen, sie sollten besser 'was essen, damit sie der Alkohol nicht umhaut", hat ein anderer (ich glaube, es war derjenige, der die anderen über die Existenz der Dönerbude aufgeklärt hatte) zugestimmt. „Lauter solche Leute wie wir eben", hat mein Herrchen gemeint, woraufhin die meisten genickt und alle gelacht haben. Und ich habe einmal gebellt. Auch wenn ich damals noch nicht so wirklich gewusst habe, was es mit dem Alkohol und dem Umhauen so genau auf sich hat … ich habe mir unter dem Alkohol eher so eine Bulldogge oder sonst einen Hund vorgestellt, dem ich lieber nicht nachts im Dunkeln begegnen wollte, und versucht mir vorzustellen, was denn auf den Menschen übertragen vergleichbar sein könnte. Mittlerweile habe ich auch schon einige Leute beobachtet, auf welche die Bezeichnung ‚menschliche Bulldogge' durchaus passen würde. Nur, dass die eben aufrecht gehen. Ich merke, ich komme schon wieder vom Thema ab. Gar nicht allzu lange Zeit später, hatte ich dann zumindest eine grobe Idee davon, wie das mit dem ‚Umhauenden Alkohol' gemeint ist und dass der Alkohol eben kein starker Mensch ist, sondern dieses Zeug, das die Menschen so lustig macht, das jedoch aus verschiedenen Gründen wohl auch bei Menschen nicht überdosiert werden sollte und ich als Hund davon gleich gar nichts bekomme. Während ich damals noch recht unwissender junger Hund mir so meine Gedanken über Umhauende Alkohol-Bulldoggen gemacht habe, bin ich dabei so konzentriert gewesen, dass ich gar nicht mitbekommen habe, worüber sich mein Herrchen, Frauchen, deren Freunde, die Konsorten und Peter unterhalten haben. Ich weiß nur noch, dass es recht laut war. Zum einen, weil alle lauter gesprochen haben, zum anderen aber auch, weil so viele gleichzeitig gesprochen haben, da mehrere, so wie ich es, als ich das erste Mal wieder bewusst hingeschaut habe, gesehen habe, auch Freund- und konsortenübergreifende Einzel-unterhaltungen stattgefunden haben, was wiederum bedingt hat, dass alle noch lauter gesprochen haben. Es war aber auch allgemein nicht gerade leise in der Stadt … immer mehr Menschen sind vorbei gelaufen oder haben sich sogar in der Schlange hinter meinem Herrchen und dem Rest (oder besser gesagt dem Rest und meinem Herrchen und meinem Frauchen) eingereiht. Diese Schlange hatte sich mittlerweile doch merklich bewegt und es waren auch immer wieder Menschen aus dem Laden heraus gekommen, zufrieden in ihr in ihrer Hand liegendes, duftendes Essen hinein beißend. Nur einer, der ist beim gleichzeitigen Beißen und die zwei Stufen, die den Laden von der Straße getrennt haben (oder vermutlich auch heute noch trennen … bin lange nicht mehr dort gewesen, seitdem wir umgezogen sind) hinunter gehen, über genau diese Treppen gestolpert und hat dabei den Döner dem Vordermann mit der Soßenseite voran in den Nacken geklatscht … ich glaube, von den beiden war keiner so unheimlich begeistert davon … besonders aber der mit der Soße im Nacken hat zunächst wenig erfreut ausgesehen und wollte dem anderen schon mit seinem Döner ins Gesicht hauen, hat es dann aber doch sein gelassen, als er wohl begriffen hatte, dass es ein Versehen ist. Schließlich und endlich haben sich allerdings auch die beiden dem gesamten Rest der umstehenden und gerade vorbei laufenden Menschen angeschlossen, die sich allesamt königlich darüber amüsiert haben. Und dann haben sie sich sogar noch lachender Weise die Hand gegeben und der Soßen-Nacken hat gemeint: „Oh man, das kann ja noch was werden." Den Schaden dabei hatte natürlich der Stolperer, der jetzt kaum noch Soße in seinem Döner gehabt hat. Über Döner habe ich damals übrigens tatsächlich schon recht gut Bescheid gewusst, da mein Herrchen und auch Frauchen schon des Öfteren einen solchen gegessen hatten und ich dieses Gebilde auch schon auf offener Straße wiedererkennt habe. Nun hatte allerdings der andere ja immer noch die Soße im Nacken und hat offensichtlich noch nicht so recht gewusst, wie er dieses Problem nun am dümmsten (diese Form von Ironie zu verstehen war für mich auch ein härterer Brocken…) angehen sollte. Doch das sollte nicht mehr länger seine Sorge sein. Denn diejenige, die nach dem Stolperer aus dem Laden gekommen war, die offensichtlich für den Besoßten (ich liebe das, wie man in der Menschensprache einfach neue Wörter bilden kann!) in etwa das gewesen ist, was Frauchen eins und Frauchen zwei für mein Herrchen waren, hat, nachdem sie auch ausgiebig über die Situation gelacht hatte … nein, das stimmt nicht, sie hat währenddessen weiter gelacht, begonnen ihm Hilfe zu leisten, indem sie ihm die Soße vom Nacken geleckt hat. Dies hat all' die Umstehenden dazu veranlasst, das Lachen beizubehalten, wieder aufzunehmen oder zu verstärken oder irgendwelche Laute wie „uhh!" oder „ohoo!" auszustoßen. Ich meine, für einen Hund ist das eine völlig logische und absolut angebrachte Reaktion auf diese Situation … Aber ich glaube, meiner mittlerweile ja doch immerhin achtjährigen Hundeerfahrung nach, Menschen tun so etwas doch eher nur beim Karneval … wenn überhaupt. Ich muss auch gestehen, dass sie sich dabei nicht allzu geschickt angestellt hat, Menschen mit ihren doch sehr kleinen Zungen aber sicherlich auch nicht allzu gut für Tätigkeiten wie diese ausgelegt sind und es deshalb im Normalfall lieber sein lassen und zu alternativen Methoden greifen. Drittens hängt es natürlich höchstwahrscheinlich auch damit zusammen, dass außerhalb der Karnevalszeit gar nicht so viele Döner in Nacken landen. Nachdem die Frau also ihr bestes getan hatte und noch immer alle Augen (inklusive meinen) auf diese beiden gerichtet waren, hat der geleckte Soßen-Nacken dann noch eines von diesen Tüchern genommen, das die Menschen immer zum Döner dazu bekommen (Serviette oder so) und sich damit noch so gut es ging die Reste aus dem Nacken gewischt. Nachdem er damit fertig war und gemeint hat: „Na ja, der Geruch und ein bisschen Schmiere werden mir wohl erhalten bleiben", und ihm daraufhin eine der Freundinnen von Frauchen eins ein anderes Tuch angeboten hat und lachender Weise gemeint hat, er solle es mal damit probieren (was ich damals nicht wusste, heute aber zumindest glaube: Es war wohl eines von diesen sogenannten ‚Feuchttüchern') und der Dönersoßenriechende sich dafür freundlich bedankt und erneut an seinem Nacken gerieben hatte, hat sich diese gesamte Gruppe dann Döner essend und jeder vermutlich schwer bemüht, nicht zu stolpern (der Gestolperte ist im Übrigen dazu angehalten worden, vorne weg zu laufen … da dieser allerdings scheinbar immer noch etwas überfordert mit dem gleichzeitigen Laufen und essen war, ihn aber keiner überholen wollte, hat sich diese Gruppe nur recht langsam von der meines Herrchens und Frauchens entfernt. Irgendwann hatte sich das Lachen dann auch bei den allermeisten gelegt oder hatte sich zumindest in Kichern verwandelt und einige Unterhaltungen wurden wieder aufgenommen. Die ersten aus der Gruppe meines Herrchens hatten mittlerweile sogar schon den Laden betreten. Mein Herrchen und Frauchen hatten sich ja, wie bereits angedeutet, als letzte angestellt. Wahrscheinlich, damit ich nicht so lange draußen an-gebunden warten muss. Also ich konnte und kann mich auch bis heute wirklich nicht über mein Herrchen und Frauchen eins beschweren. Allerdings bin ich damals wie heute der Meinung, dass das mit dem Anleinen nicht unbedingt sein muss. Gut, damals vielleicht noch eher, da ich da noch jünger war … aber weggelaufen wäre ich ziemlich sicher auch damals schon nicht. So wohl, wie ich mich da schon zwischen den ganze Leuten gefühlt habe. Aber gut, Menschen wollen da eben auf Nummer sicher gehen (war anfangs gar nicht so leicht zu verstehen, aber seitdem ich die Bedeutung kenne, einer meiner Lieblings-Menschen-Ausdrücke) und außerdem ist es ja anscheinend auch verboten, es nicht zu tun und man muss dann unter Umständen eine Strafe bezahlen. Das mit dem Geld, also was es ist und wozu man es braucht, das habe ich über die ersten Monate und vielleicht auch Jahre immer mehr und mehr verstanden. Auch, wie man welches bekommt und welche Methoden wiederum dabei erlaubt sind und welche nicht, dass manche Menschen mehr Geld haben und andere weniger, was ‚sparen‘ bedeutet und so weiter. All‘ das ist mir nach und nach klar geworden. Und das nur durch das mit Anhören verschiedenster Gespräche. Ein bisschen stolz bin ich darauf ja schon, das muss ich zugeben. Obwohl das sicher einige Hunde hinbekommen haben und ich mir darauf nichts einzubilden brauche. Aber stolz macht es mich eben doch. Oder vielleicht wäre hier ‚zufrieden‘ das passendere Wort. Und zufrieden waren damals auch alle, die mit Ihrem Döner oder Ähnlichem aus dem Dönerladen gekommen sind. Es hat einige Zeit gedauert, bis auch mein Herrchen und Frauchen eins mit ihren Dönern aus dem Laden gekommen sind. Einige der anderen aus der Gruppe hatten schon eine ganze Weile gegessen. Manche waren schon bei der Hälfte oder sogar ganz fertig. Unterschiedliche Menschen essen ja oft unterschiedlich schnell. Manchmal aber essen wohl auch die gleichen Menschen unterschiedlich schnell. Je nachdem, wie viel Hunger sie haben und wie gut es ihnen schmeckt. Das allerdings, kann ich auch als Hund nur allzu gut nachvollziehen. Es ist auch schon vorgekommen, dass mein Herrchen mir irgend so ein komisches Hundefutter mitgebracht hat, das man wohl bestenfalls noch Katzen vorsetzen könnte. Also denke ich jedenfalls. Die haben sicher einen komischen Geschmack … und ich bin mal versehentlich in die Nähe einer Schale Katzenfutter gekommen … das hat ähnlich übel gerochen. Aber mein Herrchen wäre ja nicht so blöd und würde mir Katzenfutter mitbringen. Wahrscheinlich hat er es nur gut gemeint und wollte mir mal ein bisschen Abwechslung gönnen. Zumindest hat er das mal so gesagt. Damals, als er das gesagt hat, hat es allerdings auch gut geschmeckt, was er mir da mitgebracht hatte. Da ich aber ganz sicher keine böse Absicht vermutet habe, als man mir dieses seltsame Zeug vorgesetzt hat (was da genau drin war, will ich auch im Nachhinein lieber nicht wissen!), habe ich mich damals, um mein Herrchen nicht zu kränken, zusammengerissen und auch das gegessen. Ich meine … ich hatte ja auch Hunger und was anderes war nicht da. Jedenfalls nichts, was für mich bestimmt gewesen wäre. Und wenn man genug Hunger hat, da bekommt man auch so etwas wie das herunter. Aber das, was die Menschen ‚Genuss' nennen würden, war es ganz sicher nicht! Und ich habe dabei sicher auch deutlich langsamer gegessen, als sonst immer. Mein Herrchen scheint dies auch, mindestens einmal, bemerkt zu haben, und hat dann, damals noch zu Frauchen eins, gemeint, dass dies wohl nicht so meinen Geschmack getroffen habe, woraufhin ich dann zustimmend gebellt habe. Und damit war die Sache erledigt und das Zeug musste ich nie wieder essen. Es gab dann noch ein, zwei oder drei Ausrutscher, aber mittlerweile weiß mein Herrchen genau, was ich mag und was nicht und kauft das entsprechende Futter. Zwar mal von dieser und mal von einer anderen Marke (Was Marken sind und wo der Unterschied zu Sorten ist, das hat mich vielleicht Nerven gekostet … ich dachte dreimal, ich hätte es verstanden, musste dann aber doch wieder feststellen, dass meine erschlossene

Definition nicht passt, aber mittlerweile weiß ich es!), aber ganz schlecht schmecken die alle nicht. Mein Glück war es wohl, dass Frauchen zwei mir nie Futter gekauft hat … was die mir mitgebracht hätte, das möchte ich mir gar nicht so genau vorstellen. Einen großen Unterschied macht es natürlich auch, ob es Nass- oder Trockenfutter ist. Ich könnte jetzt hier natürlich genauestens erläutern, wann ich was davon bevorzuge und warum ich ohne Nassfutter nur ungern leben würde … aber das will hier sicher niemand so genau wissen. Ich habe mir schon überlegt, ob ich mal eine ‚Bedienungsanleitung für Hunde' schreiben soll, ich weiß aber nicht, ob das gut wäre. Das gibt es ja auch schon. Eben von Menschen geschrieben … aber ich glaube ganz viel, von dem, was da drin steht, stimmt auch! Außerdem würde sowieso kein Mensch glauben, dass das von einem echten Hund geschrieben ist … und das wäre vermutlich auch ganz gut so. Aber ich schweife schon wieder völlig ab!

Ich hatte an diesem Morgen oder besser gesagt Vormittag auch bereits Nassfutter bekommen und mich an sich satt gegessen, auch wenn ich zum Frühstück meist nicht so viel Hunger habe. Normalerweise bekomme ich da aber auch nur Trockenfutter und davon esse ich immer weniger. Aber an diesem Tag wollten Herrchen und Frauchen eins wohl, dass es möglichst für den ganzen Tag reicht. Zumindest haben sie es so gesagt. Ich habe aber beobachtet, wie Herrchen noch ein bisschen Trockenfutter und einen von diesen Kauknochen eingesteckt hat. Ich weiß nicht, was wir Hunde daran so toll finden, aber daran nage ich heute noch genau so gerne herum, wie damals. Und das geht auch vielen anderen meiner Hundekollegen so, nachdem was ich gehört und gesehen habe. Nun ja, ich hatte also durchaus keinen leeren Magen … nachdem ich aber so lange Zeit diesen Geruch von Dönerfleisch erschnüffelt hatte, hat das bei mir doch irgendwie – ich war selbst etwas verwundert, dass das so schnell gehen kann – den Appetit wieder angeregt. Und ich hätte ja zu gerne etwas von einem dieser Döner abbekommen. So habe ich also, während mein Herrchen und Frauchen in diesem Laden waren, immer mal wieder mit großen Augen zu den bereits Essenden nach oben geschaut und gedacht, ich könnte vielleicht entweder auf diese Weise jemanden dazu bewegen, mir ein solches Stückchen Fleisch hinunter zu reichen oder um eben gleich mitzubekommen, wenn jemandem versehentlich eines abstürzt, was ich, nachdem ich die Soße im Nacken von dem einen Menschen gesehen hatte, eigentlich als gar nicht so unwahrscheinlich eingeschätzt habe. Zudem hatte ich schon öfter solches Fleisch liegen sehen und auch schon mal beobachtet, wie es einem Menschen beim Essen abgestürzt ist. Und da Menschen ja scheinbar grundsätzlich nicht vom Boden essen beziehungsweise auch nichts, was dort gelegen hat, ist es dort eben liegen geblieben. Ich war aber immer zu weit weg, um mir dieses zu schnappen. Als junger Hund habe ich noch probiert, mich dort hinzubewegen und mit aller Kraft versucht, die Leine hinter mir her zu ziehen … ich bin mir ziemlich sicher, wäre da nur die Leine gewesen, hätte ich es auch geschafft, aber dummerweise war am anderen Ende der Leine ja immer noch Herrchen, Frauchen oder, noch schlimmer, ein Laternenpfosten. Während man Herrchen und Frauchen ja manchmal immerhin dazu bringen kann, sich ein bisschen in die Richtung zu bewegen, in die man gerne möchte, sind so ein Laternen- oder sonstiger Pfosten wirklich der absolute Endgegner. Da hat man wirklich nicht die geringste Chance! Mittlerweile weiß ich das natürlich alles und versuche es deshalb auch gar nicht mehr und spare mir die Kraft, auch wenn es mich manchmal ärgert, dass wir Hunde nicht etwas mehr Freiheit zugesprochen bekommen (aber das ist wieder ein ganz anderes Thema, über das ich vielleicht ein anderes Mal etwas schreiben werde). Man gewöhnt sich ja auch daran, so ist es nicht.

Die meisten der Esser haben aber nicht einmal mitbekommen, dass ich zu ihnen hochgesehen habe, da sie ja eben so beschäftigt mit essen waren und sich dabei offensichtlich sehr konzentriert haben. Sie wollten wohl ihren Döner ungern im Nacken eines anderen wissen. Deshalb haben die meisten auch untereinander während dieser Essenszeit nicht viel geredet. Nur eine der Frauen (Frauchen und Herrchen sagt man ja offensichtlich nur in Bezug auf uns Hunde ... wer keinen Hund hat, ist also auch kein Herrchen oder Frauchen. So ist mein Stand der Dinge jedenfalls. Manchmal muss ich ja auch jahrelang für wahr gehaltene Annahmen irgendwann verwerfen, weil sie doch falsch sind. Das ist allerdings doch sehr selten und ich glaube nicht, dass das in diesem Fall so sein wird) hat meinen Blick bemerkt und eine Ihrer Freundinnen darauf aufmerksam gemacht, indem sie gesagt hat: „Ach guck mal, da bettelt aber jemand." Da ich damals nicht gleich verstanden hatte, wie sie das gemeint hat, habe ich mich erst mal verwundert umgeschaut, ob irgendwo einer dieser Leute sitzt, die einen Hut oder eine Schale oder irgendetwas Ähnliches vor sich stehen haben und manche Menschen dort Geld hinein werfen und andere die Straßenseite wechseln oder eben einfach vorbei laufen. Da ich aber so jemanden nirgends habe erblicken können, ist mir dann doch ziemlich schnell klar geworden, dass sie mich meint, der um ein Stück Fleisch ‚bettelt'. Die andere hat dann aber gemeint, dass das ja echt süß sei (da habe ich mich natürlich geschmeichelt gefühlt!), Döner aber sicher nicht gut für mich sei. Das wiederum fand ich dann natürlich weniger toll. Aber in diesem Moment sind dann sowieso schon mein Herrchen und Frauchen eins durch die Ladentür gekommen, sodass die beiden Frauen diese gefragt haben, ob man Hunden denn Döner geben könne, was diese natürlich verneint haben. Ich würde das nicht vertragen, haben sie gemeint. Das Fleisch sei zu fettig und die Soße sei zu scharf, haben sie gesagt. Damit konnte ich mein Stück Dönerfleisch natürlich vergessen.

Gut, ich muss zugeben, als ich mir etwas später dann doch mal eins mit dieser roten Soße von der Straße geschnappt habe, hat das zwar ziemlich gut geschmeckt (wobei das, was man wohl Schärfe nennt, erst ein bisschen unangenehm gewesen ist, aber trotzdem gut geschmeckt hat), es hat aber auch für etwas ‚Gegrummel‘ (ein lustiges, aber auch sehr treffendes Wort, finde ich. Da kann man sich, auch als Hund, gleich etwas darunter vorstellen. Also ich jedenfalls.) in meinem Bauch gesorgt und ich habe etwas mehr Gas produziert als sonst, sodass mein Herrchen mein Hundekörbchen, während ich darin gelegen habe, etwas weiter von seinem Sofa (oder manchmal nennt er es auch Couch) weggeschoben und gemeint hat, ich solle in Zukunft bitte kein Dönerfleisch mehr von der Straße essen. Daran habe ich mich selbstverständlich auch gehalten, wie fast immer wenn mich mein Herrchen um etwas bittet (da müsste ihm doch eigentlich auffallen, dass ich ihn verstehen kann…) und habe es das nächste Mal von einer Bank gefressen. Das waren sogar zwei Stücke. Allerdings war die Soße weiß und nicht so scharf. Das war noch viel besser. Danach ging es mir auch eigentlich nicht schlecht. Nur das mit dem vielen Gas, das war wieder so. Habe ich aber alles an der frischen Lust in die Freiheit entlassen, sodass mein Herrchen das gar nicht erst mit bekommen hat und somit auch nicht meckern konnte. Ich bin mir auch gar nicht ganz sicher, ob er überhaupt gesehen hatte, dass ich das Fleisch von der Sitzbank gegessen habe. Er hat sich eigentlich erst wieder zu mir umgedreht, als ich es schon im Mund hatte, und hat gesehen, dass ich auf irgendetwas herum gekaut habe … wenn er das Fleisch vorher hat liegen sehen, dann konnte er es sich natürlich zusammenreimen. Gesagt hat er aber nichts. Vielleicht hat er es auch gar nicht erst realisiert, da er sich mit seinen Kumpels unterhalten hat. Das war auch erst vor etwa einem dreiviertel Jahr, glaube ich. Man sieht also, besonders viel Döner habe ich in meinen über acht Jahren Hundeleben nun wirklich nicht bekommen. Ich hoffe mal, in Zukunft wird es noch etwas häufiger. Vielleicht erlaubt es mir mein Herrchen sogar irgendwann mal … Von seinem Schnitzel habe ich am Anfang auch nie etwas abbekommen. Seit dem wir beide alleine wohnen, schneidet er aber eigentlich immer, wenn er eins isst, gleich als erstes ein Stück für mich ab, bevor er es würzt. Er meint wohl entweder, mit Gewürzen würde ich es nicht mögen oder nicht vertragen. Nun ja, möglicherweise hat er damit auch gar nicht mal so ganz Unrecht.

Aber, anstatt weiter über zukünftige Döner-Genüsse zu spekulieren und so viel über Schnitzel nachzudenken, dass ich Heißhunger darauf bekomme (das ist ja wohl ein Ausdruck für extremen Hunger auf etwas Bestimmtes. Und darauf könnte es hier hinaus laufen. Gegessen habe ich heute nämlich noch nicht so viel und Hunger habe ich schon ziemlich, seit ich angefangen habe, über die Döner-Geschichte damals nachzudenken), sollte ich nun vielleicht doch lieber mal weiter von meiner ersten Faschingserfahrung berichten. Ich habe also weiterhin nur zugeschaut, wie alle anderen gegessen haben. Dabei habe ich immer wieder andere angeschaut, um zu vergleichen, wer wie schnell isst und Vermutungen darüber anzustellen, wer wie hungrig gewesen ist. Und auch sonst habe ich noch einige vorbei laufende Leute beobachtet und konnte mir so sehr gut die Zeit vertreiben. Zumal auch immer mehr Leute mit den unterschiedlichsten und interessantest aussehenden Getränken in der Hand vorbei gekommen sind. Und überhaupt sehen die Menschen ja an Karneval auch sehr interessant aus. Viele jedenfalls. Mir fällt gerade auf, dass ich das bislang noch gar nicht so richtig erwähnt habe, dass die meisten Karneval-Freunde sich ja immer irgendwie ‚verkleiden‘, wie man das nennt, wenn mich nicht alles täuscht. Ich muss aber auch sagen, dass es für mich nicht unbedingt das ist, was Karneval ausmacht, sondern eben, wie bereits erwähnt, die Stimmung und die Freude und das gelegentlich herabfallende

Essen. Aber trotzdem ist es natürlich oft nett und auch lustig anzuschauen wie die Menschen an Karneval aussehen. Wobei, nicht nur an Karneval. Das mit dem Verkleiden, das habe ich auch vor meinem ersten Faschingserlebnis schon von ‚Halloween' gekannt. Das finde ich im Übrigen auch ganz prima. Aber wenn ich nun auch noch anfange, davon zu erzählen, dann habe ich, bis ich damit fertig bin, wahrscheinlich vergessen, dass ich eigentlich etwas über Fasching erzählen sollte beziehungsweise wollte. Gerne würde ich ein anderes Mal aber auch etwas von meinen Hundeeindrücken von Halloween berichten.

Ich habe mir also nicht nur die Getränke, sondern auch die Verkleidungen der vorbei gehenden Leute angeschaut und mich dabei teilweise sehr amüsiert, weil es einfach... ulkig, würde ein Mensch das wohl nennen, ausgesehen hat. Was ich bereits verstanden hatte, ist, dass Verkleidungen immer irgendetwas Bestimmtes darstellen sollen. Oft konnte ich als Hund damit natürlich nicht viel anfangen ... Außer mit irgendwelchen Tierverkleidungen. Ich habe auch schon Leute gesehen, die sich als Hund verkleidet haben ... oder es zumindest versucht haben. Ohne jemanden beleidigen zu wollen, aber ich muss doch sagen: Das meiste, was ich gesehen habe, was einen Hund darstellen sollte, hat es nicht einmal ansatzweise getroffen! Und das durchaus nicht nur wegen der Größe. Aber na ja, das braucht mich ja nicht zu stören. Hauptsache den Menschen (oder zumindest einigen von ihnen) gefällt es! Und wie gesagt: Mir kommt es beim Karneval nicht darauf an. Deswegen werde ich davon hier wahrscheinlich auch nicht mehr allzu viel erwähnen. Irgendwann, als ich also sowohl die Essenden als auch die vorbei Laufenden eine ganze Weile beobachtet hatte, war auch der oder besser gesagt die letzte mit ihrem Döner fertig und alle waren offensichtlich sehr zufriedengestellt. Alle, die fertig waren, haben sich mehr oder weniger gleich danach (manche haben sich vielleicht noch den Mund mit den dafür vorgesehenen Tüchern, die man im Dönerladen wohl immer gleich dazu bekommt. Papierservietten müsste die korrekte Bezeichnung sein, wenn mich nicht alles täuscht. Vorhin ist mir nur ‚Serviette' eingefallen, aber bei uns zuhause oder auch im Restaurant sehen die definitiv anders aus) zu Bier-Peters Bollerwagen bewegt und sich dort ein frisches Getränk heraus geholt. Döner macht wohl auch durstig, da die meisten noch etwas schneller getrunken haben, als sie die ersten Ladungen in sich verschwinden hatten lassen. Nachdem auch das jeder getan hatte, haben dann alle beschlossen, sich wieder in Bewegung zu setzen und sich dann auch mal in ‚die große Menge' zu begeben, besonders an einen bestimmten Ort, wo sie noch weitere Leute treffen wollten. Das haben wir dann auch gemacht. Die anderen alle gesättigt und zufrieden, ich nur zufrieden, aber immerhin. Ich war schon etwas gespannt und damals dann doch sogar etwas nervös wegen der ‚großen Menge' (die ich damals auch noch so empfunden habe. Seit dem wir immer nach Köln zum Karneval gehen, würde ich das aber rückblickend nicht mehr unbedingt so nennen. Und ich glaube, mein Herrchen auch nicht), da ich ja doch ein eher kleiner Hund bin und nicht wollte, dass mich jemand übersieht und dann tritt oder über mich stolpert. In den ganzen letzten Jahren hat sich aber gezeigt, dass das eigentlich nie passiert, wenn ich meinerseits ein bisschen aufpasse und vielleicht notfalls auch einmal kurz belle, damit man mich bemerkt. Außerdem bleibt mein Herrchen auch nie ganz so lange in der ganz großen Menge. Das mag er wohl selbst, zumindest auf Dauer, nicht so sehr. Auch an diesem Tag war das überhaupt kein Problem. Während wir da so alle gelaufen sind, zum Glück nicht sehr schnell, da die anderen ja zum einen nebenher noch trinken mussten und zum anderen gut gesättigt waren, sodass ich auch gut hinterhergekommen bin und sogar nebenher noch weiter beobachten konnte. Eine Sache zum

47

Beispiel, die ich immer wieder beobachtet habe und die mich damals aufgrund meiner vorherigen Eindrücke von Menschen doch ziemlich gewundert hat, ich heute aber weiß, dass es unter die Dinge fällt, die Menschen oder jedenfalls viele von ihnen nur dann tun, wenn Karneval ist (oder vielleicht ein ähnliches Fest): Dass sie nämlich auch plötzlich anfangen, überall ihr Revier zu markieren. Ich meine, für uns Hunde ist das ja das absolut normalste von der Welt und völlig in Ordnung. Aber von Menschen kennt man das ja normalerweise eher nicht so. Ich dachte immer, Menschen hätten da grundsätzlich, warum auch immer, etwas dagegen. Und ich glaube, für ganz viele Menschen stimmt das auch. Aber an Karneval, da ist das dann für viele Menschen wohl doch anders. Also ich als Hund, finde das ja auch immer nett, wenn Menschen so ein bisschen ‚hundehaft‘ (oder wie auch immer Menschen das vielleicht nennen würden … ich weiß es um ehrlich zu sein gerade nicht so genau. ‚Hündisch‘ vielleicht? Hm, klingt mindestens genauso blöd, aber vielleicht stimmt es deswegen gerade ...) werden. Damals war ich ja sogar noch so naiv zu glauben, Menschen hätten in dieser Hinsicht nun plötzlich dazu gelernt. Wobei ich mich auch da schon gefragt habe, woher die plötzliche Einsicht denn kommt. Aber spätestens, nachdem sich das nach Karneval wieder schlagartig geändert hat, sich aber im darauffolgenden Jahr genauso wiederholt hat, war mir dann klar, dass es mit Karneval, also entweder mit der Stimmung oder, was wahrscheinlicher ist, mit dem Alkohol zusammenhängen muss. An den Verkleidungen wird es ja wohl kaum liegen. Die sind dafür ja sogar eher hinderlich. Außerdem habe ich das auch schon auf anderen größeren Festen, auf denen niemand verkleidet war, beobachtet. Selbstverständlich habe ich mich dann ermutigt gefühlt, mich den ganzen Leuten anzuschließen und ebenfalls hin und wieder mein Bein zu heben. Wahrscheinlich etwas öfter, als ich das normalerweise getan hätte, sogar. Damit die anderen Hunde, die vorbei kommen, auch wissen, dass auch ein Hund zwischen den ganzen Menschen war. Einige Reviermarkierungen später (ich glaube alle aus unserer Gruppe waren auf dem Weg mal dran, was die Ankunft, zusätzlich zum langsamen Gang und der Tatsache, dass Bier-Peter voraus gegangen ist, und sich offensichtlich nicht so gut in der Stadt ausgekannt hat, aber schon so viel Bier getrunken hatte, dass er geglaubt hat es zu tun und wir dementsprechend einen ziemlichen Umweg gelaufen sind, auch mit verzögert hat, sind wir dann doch in der großen Straße angekommen, (heißt es eigentlich ‚auf der Straße' oder ‚in der Straße'? Ich habe beides schon gehört ... Ich meine, eigentlich steht man ja auf der Straße ... man parkt aber auch die Autos für gewöhnlich nicht im Asphalt, sondern ebenfalls darauf. Und wenn nicht, dann nennt man es ja Tiefgarage. Also das ist so eine Sache, da bin ich bis heute noch nicht so ganz dahinter gekommen, wann man nun was sagt oder ob es vielleicht egal ist ... also ich sage jetzt mal ‚in':), in der mehrere Menschen waren. Da sind wir aber erst mal nicht stehen geblieben, da die Gruppe wohl nach einer bestimmten anderen Gruppe Ausschau gehalten hat. Und bei solchen großen Mengen ist es dabei wohl das Beste, einfach mal durchzulaufen. Während ich also recht positiv überrascht war, dass ich den ganzen Beinen immer problemlos ausweichen konnte (was allerdings auch gar nicht mal so oft nötig war), hatten Bier-Peter und die Konsorten doch reichlich Mühe, ihren Bollerwagen durch die Menge zu bewegen. Am Anfang ging es noch, weil alle anderen sich darum herum verteilt haben und der Wagen also nur von Beinen aus unserer Gruppe umgeben war. Einmal allerdings, nachdem wir kurz stehen geblieben waren, wäre derjenige, der gerade gezogen hat, fast mit dem Bollerwagen über den Fuß eines Konsorten gefahren. Der hat den Fuß dann aber zum Glück doch noch rechtzeitig wegziehen können. Beschwert hat er sich allerdings trotzdem ... wobei: Je mehr ich so darüber nachdenke, habe ich damals wohl noch nicht so gut mit Ironie umgehen können. Vermutlich hatte sich der Konsorte mehr im Spaß beschwert, da auch gleich darauf alle wieder gelacht haben, was mich in diesem Moment zugegeben doch etwas gewundert hat. Dann, etwas später, haben sich dabei gleich mehrere Probleme beziehungsweise Schwierigkeiten ergeben: Erstens war die Straße nicht mehr ganz eben, sondern hatte eine leichte Steigung, was das Ziehen schon mal wesentlich mühsamer gemacht hat, sodass erst vorne zwei gezogen haben und als das nicht wirklich funktionieren wollte, einer vorne gezogen und einer von hinten geschoben hat. Dabei haben Zieher und Schieber mehrfach gewechselt, sodass eigentlich jeder irgendwann mal an der Reihe war. Also von den männlichen Menschen jedenfalls. Da sie ziemlich oft gewechselt haben, war es wohl doch ziemlich anstrengend. Damals wie heute war und bin ich also doch wirklich froh, ein Hund zu sein. Da muss ich immerhin keine Bier-Bollerwagen ziehen oder schieben, sondern kann dies getrost Leuten wie meinem Herrchen, Peter oder den Konsorten überlassen. Die Kehrseite der Medaille (auch ein sehr schöner Ausdruck, finde ich. Hat allerdings seine Zeit gedauert, bis ich verstanden hatte, dass das nichts mit Besen zu tun hat…) ist dabei allerdings natürlich, dass ich auch nichts von dem Inhalt dieses Bollerwagens abbekommen habe und, wie ich befürchte, wahrscheinlich auch nie werde. Zumindest nicht viel … Manchmal bin ich ja schon in den Genuss gekommen, ein wenig von den Resten vom Flaschenrand oder von einer Bank eine kleine Pfütze, wenn mal etwas aus einem Glas oder einer Flasche ausgelaufen war, weil es jemand, der sich wohl schon den Inhalt mindestens einer, wahrscheinlich aber mehrere Flaschen beziehungsweise zugeführt hatte, umgeworfen oder zumindest kräftig ins Wanken gebracht worden ist, wie es durchaus schon manchmal, aber leider recht selten, vorgekommen ist. Das ist jetzt hier aber auch nicht direkt das Thema. Wobei: Da fällt mir ein, gerade letztes Jahr beim Karneval - nicht bei dem großen Umzug, sondern bei einem Fest während der Karnevalstage (Dass es da mehrere von gibt, das war mir damals, bei meinem ersten Faschingsfest noch nicht klar, da ich nur an diesem einen Tag mit meinem Herrchen und Frauchen Eins unterwegs gewesen bin und mein Herrchen sich auch im Voraus immer nur auf diesen einen Tag gefreut hatte. Mittlerweile weiß ich das aber. Genau genommen, seit dem ich mit meinem Herrchen in der Nähe von diesem Köln lebe ... da hat das ganze mit dem Karneval sich nochmal mächtig ausgeweitet!) - ist das jemandem passiert. Ein ganzes, noch fast volles Glas ist ihm umgefallen. Und das habe ich per Zufall gesehen, was gar nicht so selbstverständlich ist, da ich durch meine Größe beziehungsweise meinen Gang auf vier Beinen, aus den meisten Winkeln heraus nicht so gut sehe, was sich auf den Tischen abspielt. In diesem Fall aber schon. Unglücklicherweise ist das Meiste aber auf den Boden gegangen. Und von diesem rauen Asphalt macht das Auflecken nun wirklich keinen Spaß! Es kratzt an der Zunge und man bekommt immer irgendwelche blöden Blätter oder sonstigen Dreck mit in den Mund. Das würde ich also selbst dann nicht machen, wenn mein Herrchen dann nicht sofort rufen würde: „Max, aus! Doch nicht vom Boden, Mensch" (wobei ich genau genommen ja weder ein Mensch bin, noch eine Maschine, die man aus machen kann. Aber gut, woher soll er wissen, dass ich ihn auch verstehen würde, wenn er nicht so ein primitives ‚Hundeschul-du-darfst-jetzt-hier-keinen-Haufen-machen-Pfui-aus-Kommando' verwendet und es ein „Lass das, Hund! Ist eklig.", durchaus auch tun würde). Ansonsten ist auch viel auf den Tisch gegangen. Aber dass die Menschen es nicht gerne haben, wen man von ihren Tischen leckt, das habe ich auch schon recht früh in meinem Hundeleben gelernt. (Obwohl es ihnen ja in solch einem Fall durchaus Arbeit ersparen würde. Aber gut, so sind sie eben manchmal, die Menschen!). Aber ein bisschen was ist eben auch auf die Bank gegangen. Und dann haben sich mehrere geschickte Zufälle ergeben: Erstens war das Bier am äußeren Rand der Bank, zweitens hat dort niemand gesessen ... also nicht in der Pfütze und auch nicht direkt daneben, drittens ist mein Herrchen nicht weiter gelaufen, da er einen seiner Bekannten getroffen hatte und sich mit diesem unterhalten wollte, was Zufall Nummer vier bedingt hat (ach so: Würden Menschen das dann eigentlich überhaupt noch einen Zufall nennen?), dass mein Herrchen nicht so ganz genau darauf geachtet hat, was ich so mache und zudem die Leine nicht festgestellt hatte, sodass ich ein gutes Stück Freilauf bekommen habe, der ziemlich genau bis zu dieser Bank gereicht hat. Ich bin also zu dieser gelaufen, habe mich mit den Vorderpfoten auf die Bank gestellt und begonnen, zu schlabbern. Der Umschütter, der gerade noch voll damit beschäftigt war, mit einer einzelnen Papierserviette den ganzen See auf dem Tisch zu beseitigen (hat mäßig funktioniert...) und beschämt zu gucken (also ich hatte jedenfalls den Eindruck. Allerdings bin ich auch ein Hund), da die Hose der Frau, die ihm gegenüber gesessen hat, offensichtlich auch noch etwas abbekommen hatte (bevor sich das jetzt jemand fragt: Nein, daran habe ich nicht mal gedacht! Hosen schlabbern ist eine grässlich fusselige Sache und dafür auch nur mit sehr geringem Erfolg gekrönt. Habe ich als junger Hund einmal ausprobiert. Dann aber nie wieder!), hat dies nicht bemerkt und ich konnte immerhin einige Zungen voll weg schlabbern und feststellen, dass sich der Gang wahrhaft gelohnt hat. Dann hat ein Herr, der auch an diesem Tisch gesessen hat, allerdings gemeint, dass die Papierserviette wenigstens nicht mehr für die Bank reichen müsse und sich dieses Problem gerade von alleine löse. Immerhin mal einer, der den Vorteil erkannt hat, habe ich gedacht! Und es hätte mich auch nicht gestört, dass mich auf einmal alle an diesem Tisch und ich glaube auch noch ein paar von dem Tisch daneben angesehen und gelacht haben, wenn nicht mehr oder weniger im gleichen Moment mein Herrchen gekommen wäre und gemeint

hätte: „Max! Nein! Aus! Nicht das Bier von der Bank schlabbern!".
Da habe ich dann natürlich aufgehört, auch wenn ich damit bis
heute nicht so ganz einverstanden bin. Ich kann an dieser Aktion
nach wie vor nichts Schlechtes finden. Ich glaube aber, dass mein
Herrchen das im Grunde genommen auch nicht getan hat, sondern
Sorge hatte, die anderen Leute würden es ihm übel nehmen, dass
er seinen Hund nicht besser im Auge gehabt hat. Er hat sich bei
diesen nämlich auch sehr entschuldigt. Die fanden es ja aber alle
nicht schlimm und haben gelacht und meinem Herrchen auch
nochmal gesagt, dass es ja eigentlich recht praktisch sei, woraufhin auch mein Herrchen gelacht hat. Wieso er daraufhin nicht
einfach seinen Fehler korrigiert hat und mich hat weiter schlabbern
lassen, verstehe ich allerdings nicht so ganz. Es hat auch überhaupt
nichts genützt, dass ich ihn mit großen Augen von unten angeschaut
habe. Na ja, ist ja auch egal! Immerhin habe ich ein mir ein
bisschen Bier herein schlabbern können und war eigentlich recht
zufrieden damit. Angeblich soll Bier ja nicht gut für mich sein …
aber das Bisschen hat zumindest nicht geschadet. Ob ich mich nun
danach durch den Alkohol lustiger gefühlt habe oder einfach nur
so glücklich über die gelungene Schlabber-Aktion war, das weiß
ich um ehrlich zu sein nicht so genau. Auf jeden Fall hatte ich sehr
viel Spaß an diesem Abend. Aber eigentlich geht es hier ja gar
nicht um diesen Abend, auch wenn es immerhin ebenfalls Karneval
war. Aber diese Geschichte musste ich hier einfach auch noch kurz
erzählen.

Eigentlich waren wir ja aber gerade bei den Problemen, welche
die Fortbewegung des Bollerwagens bereitet hat. Nicht nur, dass
die Straße eine leichte Steigung hatte, ein anderes Problem war
auch noch, dass ab einem gewissen Punkt die meisten Menschen
in die andere Richtung gelaufen sind, was logischerweise zur
Folge hatte, dass diese einen recht großen Teil der Straße für sich

beansprucht haben und die Wenigen, die in die andere Richtung wollten, zu denen eben auch wir gehört haben, sich mit einem recht schmalen Streifen begnügen mussten. Deshalb konnten dann nicht mehr alle um den Bollerwagen herum laufen, sondern alle mussten hintereinander laufen und aufpassen, dass keiner verloren geht. Und die, die jeweils gezogen und geschoben haben, mussten aufpassen, dass sie mit dem Bollerwagen keine Entgegenkommenden behindern. Besonders schwierig ist es geworden, wenn Gullydeckel (schreibt man das so?), Schlaglöcher oder sonstige Unebenheiten gekommen sind. Erstens, den Wagen dort überhaupt drüber zu bekommen und zweitens, dabei nicht zu weit nach links auszuscheren. Aber sie haben es doch die ganze Strecke über gut gemeistert und hinterher auch einstimmig gemeint, dass es trotzdem eine gute Idee gewesen sei mit dem Bollerwagen. Während der Steigung hatte sich, das ist mir aufgefallen, niemand ein Bier herausgenommen. Als diese vorbei war und eine kurze Verschnaufpause eingelegt wurde, haben sich aber doch einige, die ihre Flaschen schon wieder leer getrunken hatten, ein neues Bier genommen und dann Sachen gesagt wie: „Ahh, tut das gut!" oder „Oh man, ich wäre ja schon fast verdurstet!", und dann erst mal ein paar kräftige Schlucke am Stück genommen. So ein Mensch, der kann ja viel mehr in viel kürzerer Zeit trinken, als ein Hund das kann. Ein Glas oder eine Flasche an unserer Schnauze ansetzen und daraus trinken, wie Menschen es tun, das gelingt uns Hunden einfach nicht. Ganz sicher! Ich habe es ausprobiert und kenne auch einige, die es ebenfalls ausprobiert haben. Und alle sind wir gleichermaßen kläglich gescheitert. Gut, immerhin, wie sich in dieser einen Fernsehsendung, die ich früher oft zusammen mit meinem Herrchen (und ganz früher auch mit Frauchen eins) geschaut habe, gezeigt hat, versagen Menschen ebenso kläglich, wenn sie versuchen die Flüssigkeit, so wie wir Hunde, mit der Zunge in ihren Mund zu befördern. Aber ich meine, wieso sollten sie das auch können … so wie Menschen es machen, ist es ja trotzdem viel effektiver und es geht dabei – meistens jedenfalls – auch nicht so viel daneben, wie wenn wir, insbesondere größer gewachsene Kollegen, aus einem Schälchen schlabbern. Aber das nur so nebenbei. Ist mir gerade so eingefallen, als ich an diese Szene mit den durstigen Bier-Trinkern gedacht habe. Allerdings waren auch nicht alle gleich durstig. Einige hatten auch noch etwas in ihren Flaschen die sie vor der langen und beschwerlichen Reise bereits aus dem Bollerwagen genommen hatten und haben auch gemeint, dass sie gar nicht so viel Flüssigkeit auf einmal in sich aufnehmen können, was einige der anderen Hälfte (gut, ein bisschen mehr als die Hälfte waren es, glaube ich, schon) nicht wirklich haben verstehen können und scheinbar auch etwas belustigt darüber waren. Ich kann das im Übrigen aber durchaus gut verstehen. Ich schaffe es selbst bei kleinen Schälchen auch nie, diese auf einmal auszutrinken. Gut, ich bin auch ein eher kleiner Hund, ich habe allerdings auch schon kleinere Hunde gesehen, die mehr getrunken haben. Da scheint es wohl bei Menschen wie bei Hunden, einfach unterschiedliche Trinker zu geben. Wie ich in den vergangenen Jahren erfahren habe, gibt es bei Menschen aber nicht nur in Bezug auf die Flüssigkeitsmenge, sondern auch auf die Alkohol-menge bezogen, teils sogar sehr große Unterschiede. Näher zu beschreiben, wie ich das festgestellt habe, würde jetzt hier etwas zu weit führen. Vielleicht erzähle ich das bei einer anderen Gelegenheit mal. Rückblickend kann ich nun aber sagen, dass all diejenigen, mit denen ich an diesem meinen ersten Faschingstag unterwegs gewesen bin, recht trinkfest (das ist, glaube ich, das Wort, das die Menschen dafür verwenden) waren und vermutlich auch heute noch sind. Ich glaube, wenn man nur etwas in Übung bleibt, ‚verlernt‘ man das nicht so schnell. Jedenfalls habe ich das mal jemanden sagen hören... (Wobei ich das Wort ‚trinkfest‘ im Übrigen etwas komisch finde … immerhin können ja nur

Flüssigkeiten getrunken werden ... oder zumindest bezieht es sich immer auf das Trinken von Flüssigkeiten, wenn man diesen Begriff verwendet. Na ja, manches muss man ja auch nicht verstehen. Zumindest wenn man ein Hund ist!). Diese Trinkfesten haben also feste weiter getrunken, bis dann jemand (ein Freund meines Herrchens), der es entweder wieder vergessen hat oder tatsächlich die ganze Zeit über noch nicht gewusst hat, die Frage gestellt hat, wohin man denn nun eigentlich wolle. Worauf Bier-Peter gesagt hat, dass sie zu den Freunden des einen Konsorten (also er hat natürlich den Namen gesagt, aber den weiß ich gerade dummerweise nicht mehr ... es liegen eben doch ein paar Jahre dazwischen ...) wollten und sie scheinbar auf dem richtigen Weg seien, da diese gesagt beziehungsweise geschrieben hätten, dass sie dort seien, wo die Musik relativ laut ist. Und genau das war von dieser Verschnaufpausen-Stelle aus wahrzunehmen: Musik, die schon ziemlich laut zu hören war. Ein anderer aus unserer Gruppe hat daraufhin allerdings Bedenken geäußert und gemeint, dass sich die Musik beim Fasching ja oft bewegen würde. Was damit gemeint war, das sollte ich dann gar nicht mal so viel später erfahren. Erst mal habe ich damit allerdings nicht allzu viel anzufangen gewusst. Aber der Konsorte, dessen Freunde es waren, hat dann gemeint, dass sie damit wohl die fest stehende Musik auf der Bühne gemeint hätten, da sie zum Zeitpunkt dieser Informationsübermittlung eigentlich noch recht nüchtern gewesen sein müssten und grundsätzlich auch geistig nicht völlig beschränkt, wenn auch durchaus ein wenig, wobei er gelacht hat und daraufhin auch einige der anderen gelacht haben. Manche sogar erstaunlich lange. Da ist mir damals schon gedämmert, dass dies eine der Wirkungen dieses ominösen Alkohols sein könnte, den ich ja am Anfang des Tages noch für eine Bulldogge oder dergleichen gehalten hatte. Ich habe an diesem Tag also laufend dazu gelernt. Ich selbst fand es übrigens durchaus auch lustig. Den Ausspruch an sich, vor allem aber die Reaktion der anderen. Lachen können wir Hunde ja wie gesagt nicht, aber lustig fand ich es eben. Ich glaube auch, dass sie sich ein bisschen gegenseitig angesteckt haben mit der Lacherei, da irgendwann dann auch welche von denen, die schon aufgehört hatten zu lachen, wieder angefangen haben oder manche, die noch gar nicht gelacht hatten, irgendwann dann doch noch gelacht haben. Ich fand die Situation schon ganz prima. Und es sollte mindestens so gut bleiben. Nachdem alle zu Ende gelacht und noch mal einen kräftigen Schluck aus ihren Flaschen genommen hatten, und mit der Aussicht, dass man vom Reiseziel wohl nicht mehr allzu weit entfernt war, ist die Gruppe dann frisch motiviert weiter gelaufen. Kurze Zeit später hat der Konsorte dann tatsächlich seine Freunde und Bekannten am Rand der Straße in einem Kreis stehen sehen, was er den anderen dann auch mitgeteilt hat, worüber scheinbar alle sehr erfreut gewesen sind. Vor allem aber diejenigen, die gerade für die Fortbewegung des Bollerwagens verantwortlich waren. Diese Gruppe hatte zwar keinen Bollerwagen unter sich, dafür aber mehrere Körbe und Taschen, in denen wohl jeder seine eigenen alkoholischen Getränke transportiert hat. Man kann also, denke ich, nicht sagen, sie hätten zu wenig davon gehabt. Es haben sich also erst mal alle sehr freundlich und oft auch lachender Weise begrüßt und vorgestellt. Einige hatten sich wohl vorher tatsächlich noch nicht gesehen beziehungsweise gekannt. Ich habe dabei nicht recht gewusst, wo ich zuerst hinhören sollte oder besser gesagt zumindest den Versuch starten, da es doch durch die vielen Stimmen so vieler Menschen und dazu noch die, an dieser Stelle wirklich schon sehr laute, Musik recht schwer gewesen ist, überhaupt irgendetwas zu verstehen, auch wenn Menschen über uns Hunde immer sagen, wir hätten deutlich bessere Ohren als sie … aber das waren einfach zu viele verschiedene Geräusche. Etwas habe ich aber verstanden, dass sich zwei Leute aus unterschiedlichen Gruppen irgendwie zufällig schon mal irgendwo gesehen haben. Jemand hat dann gemeint: „Klein ist die Welt!", was ich damals nicht so recht glauben wollte, da ich schon etwas vom ‚Ausland' gehört hatte und ich allein das, was ich bereits von der Welt gesehen hatte, eigentlich eher recht groß fand. Und es stimmt ja auch nicht. Mittlerweile weiß ich aber eben, wann man das sagt und was damit gemeint ist. Was ich aber auf jeden Fall mitbekommen habe, was mich aber auch nicht sonderlich überrascht hat, war, dass die Stimmung doch sehr heiter gewesen ist. Allerdings haben einige gemeint, dass es hier doch sehr laut sei und ob man nicht wo anders hingehen wolle, was ziemlich schnell einstimmig angenommen worden ist. Die Konsorten-Freunde haben erklärt, dass sie eigentlich auch nur noch deshalb da geblieben seien, damit unsere Gruppe sie finden könne, was ja jetzt erfolgt sei und es ihnen eigentlich auch schon länger zu laut geworden sei. Auch ich habe das für eine gute Idee gehalten, da ich die Musik zwar noch nicht unangenehm laut gefunden habe, es aber doch schade fand, dass ich nur wenig von dem habe verstehen könne, was die anderen so gesagt haben. Da ich ja aber nicht sprechen kann, habe ich ein Mal (also zustimmend) gebellt. Dadurch haben mich viele der Konsorten-Freunde erst bemerkt. Die meisten scheinen sich aber gefreut zu haben, was mich wiederum gefreut hat. Das freut mich auch heute noch, wenn Menschen sich freuen, mich zu sehen und sich dann mit mir beschäftigen. Einigen meiner Hundekollegen geht das wohl mittlerweile eher auf die Nerven. Bei mir ist das aber nicht so! Die Konsorten-Freunde jedenfalls haben zum Beispiel gesagt: „Ohh, ein Hundi. Ja wer bist Du denn?". Damals habe ich noch instinktiv, wie es sich gehört, auf diese Frage geantwortet und gesagt: „Ich bin der Max". Nur, dass die Konsorten-Freunde eben genau so Menschen waren wie alle anderen und dementsprechend nur „Wau wau wau" verstanden haben. Warum Menschen manchmal ‚Hundi', statt ‚Hund' sagen, das hatte ich damals auch noch nicht so ganz verstanden. Heute weiß ich aber, dass ‚Hundi' oder auch ‚Hundling' bedeutet, dass sie diesen Hund mögen beziehungsweise süß finden oder er ihnen zumindest sonst irgendwie positiv auffällt. Seitdem ich das weiß, klingt das auch gar nicht mehr so seltsam wie am Anfang. Mein Herrchen hat den Leuten dann aber übersetzt wie ich heiße, nachdem einer der Konsorten-Freunde sogar tatsächlich geantwortet hat: „Ich kann dich leieer nicht versteh'n, weissu". Der hat im Übrigen auch den ganzen restlichen Tag noch so gesprochen. Nach meiner Erfahrung der letzten Jahre weiß ich natürlich auch, dass das die Folgen des Alkohols waren. Damals ist mir dieser Konsorten-Freund allerdings erst mal doch sehr komisch vorgekommen und mir war nicht so ganz wohl in seiner Nähe (in der ich immer wieder mal war und dann auch wieder nicht, da er immer mal wieder zwei Schritte nach hinten, mal zu der Seite, mal zu der anderen, manchmal auch drei, und mal auch wieder nach vorne gegangen ist. Bloß still gestanden hat er eigentlich nie) gefühlt. Später allerdings fand ich ihn dann mehr lustig, so wie die meisten anderen menschlichen Gruppenmitglieder auch. Einer der Freunde meines Herrchens hat einen der Konsorten-Freunde relativ zu Beginn gefragt, wie viel ‚der Typ' denn schon getankt hätte, woraufhin der Konsorten-Freund geantwortet hat: „Oh, eine ganze Menge. Er hat auch früh angefangen!". Was das nun wieder heißen sollte, das habe ich wirklich nicht gewusst. Ich meine, woher soll man als Hund, der zum ersten Mal beim Karneval ist, auch wissen, dass man ‚tanken' nicht nur bei Autos, sondern auch bei Menschen sagen kann und die Frage also die gewesen ist, wie viel Alkohol dieser Konsorten-Freund an diesem Tag bereits getrunken hatte. Darüber habe ich schon an diesem Nachmittag immer wieder nachgedacht, aber auch in den nächsten Monaten. Besonders dann, wenn ich mit meinem Herrchen an der Tankstelle gewesen bin, und zwar vor vor allem, wenn ich gehört habe, was er dann immer so gesagt hat (also entweder direkt zu mir oder was er eben so vor sich hin gemurmelt oder auch seinen Freunden erzählt hat), wenn er wieder eingestiegen ist (ich muss ja leider immer im Auto warten. Aber manchmal ist wenigstens das Fenster offen.). So ist es zustande gekommen, dass ich zwischenzeitlich mal die Theorie aufgestellt hatte, dass dem armen Konsorten-Freund die Sprit-Preise so zugesetzt hatten, dass er völlig den Verstand verloren hat. Da ich aber im Laufe der Zeit immer wieder Leute, die sich ähnlich gebärdet haben, beim Karneval oder ähnlichen Festen gesehen habe, nie aber an oder in der Nähe von Tankstellen, habe ich diese Theorie dann irgendwann doch wieder verworfen und durch die ersetzt, dass es am Alkohol gelegen haben muss. Na ja, manches muss man sich als Hund eben einfach über lange Zeit erschließen.

Jetzt aber weiter mit dem Nachmittag: Nachdem die Leute dann alle (oder zumindest alle, die es interessiert hat … mache haben mich auch den ganzen Tag beziehungsweise mittlerweile eher schon Nachmittag über nicht einmal wirklich angeschaut. Aber ist ja auch völlig in Ordnung. Es muss sich ja nicht jeder für Hunde interessieren oder Hunde mögen) meinen Namen erfahren hatten, ist natürlich auch nochmal die Frage gekommen, ob das denn eine gute Idee sei, einen Hund mit zum Karneval zu nehmen, woraufhin mein Herrchen und Frauchen eins dann eigentlich mehr oder weniger dasselbe geantwortet haben wie schon am Vormittag ihren Freunden beziehungsweise dann auch Peter und den Konsorten gegenüber. Dass sie es mal ausprobieren wollten und mich Lärm irgendwie nicht störe und sie den Eindruck hätten, ich sei gerne unter Leuten und so weiter, was ja auch alles gestimmt hat. Die meisten haben das dann offensichtlich auch gut gefunden. Manche waren scheinbar auch etwas irritiert und haben sich wahrscheinlich gedacht: „Das ist ja ein komischer Hund", oder „das sind ja komische Leute, dass die sowas von ihrem Hund denken!". So war damals jedenfalls mein Eindruck. Gesagt hat aber niemand etwas. Lange ist es aber auch gar nicht um dieses Thema gegangen und die Gruppe hat sich dann bald auch, wie geplant, in Bewegung gesetzt. Eigentlich hat, seitdem wir diese Konsorten-Freunde angetroffen haben, immer irgendjemand gelacht oder zumindest gegrinst oder gekichert. Und immer mal wieder auch alle gleichzeitig. Oft hat es an diesem einen Konsorten-Freund gelegen. Immer wieder haben sich aber auch Leute mit mir beschäftigt beziehungsweise etwas zu mir gesagt, wie: „Ja, Du bist ja wirklich ein ganz Braver!" (wahlweise auch mit den Worten „Guter" oder, besonders von den weiblichen Mitläuferinnen, auch „Süßer". Ich muss sagen, ich habe mich über alle drei Varianten sowie eigentlich über alles andere, was man zu mir gesagt hat, sehr gefreut. Sogar den Spruch: „He Max, maxt'n Leckerli?", fand ich ziemlich lustig. Da waren ich und der betankte Konsorten-Freund aber glaube ich, wenn ich mich recht erinnern kann, die einzigen. Und natürlich derjenige, der den Spruch gemacht hatte, der sich allerdings scheinbar auch, zumindest annähernd, im Zustand des anderen menschlichen Lachers befunden hat. Da ich ja nun aber nicht zeigen kann, wenn ich etwas lustig finde (also nicht so, dass auch größere Teile der Menschheit es verstehen …), waren die beiden in den Augen der anderen die einzigen. Alle anderen, die es noch mitbekommen haben, haben allerdings nur den Kopf geschüttelt oder mit den Augen gerollt oder vielleicht allenfalls etwas geschmunzelt. Später hat derselbe dann auch noch irgendwas von „Strammer Max", gemeint. Damals habe ich das erst als Kompliment genommen und habe gar nicht verstanden, warum die anderen wieder eine ähnliche Reaktion gezeigt haben, wie nach dem letzten Spruch. Irgendwann habe ich dann herausgefunden, dass ‚Strammer Max' etwas zu Essen ist. Ich fand es dann im Nachhinein allerdings auch rückwirkend noch lustig. Habe auch mal ein Stück Speck und ein Stück Ei von einem ‚Strammen Max' gegessen. Hat gut geschmeckt! Mit so etwas werde ich dann auch gerne, zumal ja scherzhaft, verglichen.

Wir sind also alle, nicht besonders schnell aber dafür immerhin konsequent, weiter durch die Straßen voller feiernder Menschen gelaufen. Selbstverständlich immer den Bollerwagen dabei, aus dem sich auch immer mal wieder jemand eine neue Flasche genommen und die leere dort hinein gestellt hat. Jeder hat sich mit irgendwem unterhalten, außer wenn wir gerade irgendwo vorbei gekommen sind, wo die Musik besonders laut war. Da haben die meisten dann geklatscht und selten sogar mal welche getanzt … Dass das Tanzen ist, das war mir damals auch noch nicht so ganz klar. Ich habe mich erst mal eher gefragt, was denn bloß plötzlich in die Leute gefahren ist … wäre jemand weg gewesen, um zu tanken, hätte ich das ja schließlich mitbekommen! Irgendwann habe ich dann aber auch daran meinen Gefallen gefunden. Nur selbst mit zu tanzen, darauf hätte ich damals wie heute absolut keine Lust. Das überlasse ich gerne den Menschen. Ab und an, wenn die Musik nicht nur von Instrumenten gekommen ist, die von Menschen gespielt werden, sondern auch von den Menschen selbst gesungene Töne ausgegangen sind, haben auch ein paar aus unserer Gruppe mitgesungen, wenn sie den Text gekannt haben beziehungsweise die Melodie mit gegrölt (würden Menschen dazu doch, glaube ich, sagen), wenn sie den Text nicht gewusst haben, ihnen die Melodie aber scheinbar gut gefallen hat. Da ich ja nicht sprechen kann … dafür bin ich körperlich einfach nicht ausgelegt, kann ich natürlich erst recht nicht singen. Allenfalls das, was Menschen als ‚Jaulen' bezeichnen, könnte ich. Dabei muss ich aber zugeben, dass das tatsächlich nur sehr entfernt etwas mit dem Originalton zu tun gehabt hat, wann immer ich es probiert habe. An diesem Tag habe ich das aber gar nicht getan, da ja nun wirklich auch von allen anderen schon genügend Ton in mehr als ausreichender Lautstärke gekommen ist. Es war zwar, da wir ja nicht permanent so sehr in der Nähe der Musik waren (oder auch die Musik nicht permanent so in nächster Nähe zu uns war) nicht unangenehm für mich, sondern eher eine aufregende Erfahrung. Ich muss allerdings zugeben – und das hat sich auch über die ganzen Jahre bis jetzt so gehalten – auf Dauer hätte ich das nicht haben wollen. Irgendwann wäre es dann selbst mir, der ich ja wirklich kein geräuschempfindlicher Hund bin, unangenehm geworden. Da es aber scheinbar all den Menschen, die in unserer Gruppe mit unterwegs gewesen sind, in diesem Punkt ähnlich gegangen ist, wie mir, ist das aber auch überhaupt nicht zum Problem geworden. Wobei mir gerade so einfällt … vielleicht ist es gar nicht allen so gegangen, sondern nur denen, die jeweils für die Fortbewegung des Bollerwagens verantwortlich waren. Denn die haben eigentlich immer entschieden, wann angehalten und wann weiter gelaufen wird. Denn keinen Zugang mehr zum Bier und sonstigen alkoholischen Getränken zu haben, das war wohl eine Vorstellung, mit der sich keines der Gruppenmitglieder hätte anfreunden können. Wobei man sagen muss, dass die Trink-geschwindigkeit doch allmählich nachgelassen hat. Ich habe auch ein paar Leute sagen hören, dass sie jetzt mal ‚langsam machen‘ wollten mit Trinken. (Zum Glück haben die dann jeweils dazu gesagt, dass es ums Trinken geht, sonst hätte ich mich wohl gefragt, ob es denn überhaupt theoretisch möglich wäre, die ‚Geh-Geschwindigkeit‘ noch weiter zu reduzieren, da selbst ich mit meinen doch eher kurzen Hundebeinen immer wieder darauf achten musste, nicht zu schnell zu werden, was mir im normalen Alltag an und für sich nie passiert). Daraufhin hat einmal jemand mit Blick auf den betankten Konsorten-Freund gemeint: „Das hätte man ihm vielleicht auch mal sagen sollen!“, woraufhin einige zugestimmt, andere gelacht und derjenige, dem die Aussage gegolten hat, eigentlich weiterhin das gemacht hat, was er die ganze Zeit gemacht hat: Ein Schritt in die Richtung, zwei in die, anderthalb wieder in die und dabei dauerhaft gegrinst. Es kann allerdings sein, dass er diesen Spruch doch noch mitbekommen hat. Er hat dann nämlich … einige Zeit später allerdings, sodass es schon eher etwas willkürlich gewirkt hat, ebenfalls gelacht und gemeint, dass es ihm noch ganz wunderbar ginge. Nachdem zunächst der Spruch mit dem ‚langsam machen' noch auf die Theorie gepasst hätte, dass er etwas durch den Wind war, weil er zuvor an der Tankstelle gewesen war (da nämlich Frauchen eins auch öfter zu meinem Herrchen gesagt hat, er solle doch langsamer fahren. Dann müsste er nicht so oft zur Tankstelle, was mein Herrchen allerdings nie für besonders hilfreich befunden zu haben scheint und auch, soweit ich mich erinnern kann, bis heute nur sehr selten in die Tat umgesetzt hat. Frauchen zwei wollte im Übrigen generell nicht Auto fahren! Mit ihr waren mein Herrchen und ich sehr oft in diesen muffeligen Möchtegern-Autos, in denen so viele Menschen sind … Also mir hat das nie gefallen. Obwohl es für Menschen ja wohl teilweise recht praktisch zu sein scheint, sonst würden wohl kaum so viele von ihnen damit fahren. Teilweise sind die Leute da nämlich auch ganz ohne Frauchen drin …). Nun ja, jedenfalls hätte dieser Spruch diese Theorie noch bestätigt, die Aussage des betankten Konsorten-Freundes, es ginge ihm gut, ist hingegen eigentlich nur noch schwer mit dieser Theorie vereinbar. Mein Herrchen hat nämlich nach seinen besorgten Blicken in seinen Geldbeutel meistens nicht gerade den Eindruck gemacht, dass es ihm gut ginge. Und ich glaube, er hätte das in diesem Moment auch nicht von sich behauptet. Aber das ist mir eben erst einige Zeit später aufgefallen.

Ach so, ja, wenn ich jetzt gerade sowieso schon wieder bei dem Thema ‚Mein Herrchen an der Tankstelle' bin: Mittlerweile ist das mit den besorgten Blicken eigentlich nicht mehr so. Und auch etwas über die Spritpreise sagen habe ich ihn in letzter Zeit nur noch selten hören, obwohl er weder langsamer fährt, noch ein anderes Auto hat. Und wenn er darüber doch noch etwas sagt, dann nur noch neutral feststellend oder mit leicht ironischem Unterton einem seiner Freunde oder Kumpels gegenüber (wo genau da die Grenze verläuft, das habe ich irgendwie auch bis heute noch nicht so ganz durchdrungen ... da die Aussagen der Menschen, die ich im Laufe der Jahre darüber gehört habe, beziehungsweise wer eben wen als Kumpel und wen als Freund bezeichnet) oft auch so unterschiedlich und widersprüchlich sind, glaube ich langsam, dass die Menschen oder jedenfalls die meisten von ihnen es selbst nicht so genau wissen. Was ich aber ziemlich genau weiß, ist, dass mein Herrchen heute viel mehr Geld zur Verfügung zu haben scheint als noch damals, als ich meinen ersten Karnevalstag erlebt habe. Genauer gesagt ist es eigentlich so, seitdem wir umgezogen sind und ganz besonders, seitdem wir beide alleine wohnen. Offensichtlich verdient mein Herrchen deutlich mehr, seitdem er eine neue Arbeitsstelle hat. Die Wohnung ist zwar nicht größer als die alte, in der wir zusammen mit Frauchen eins gelebt haben, aber das ist ja auch nicht nötig, da wir ja nur noch zu zweit sind und ich in den Jahren auch nicht mehr so wahnsinnig viel gewachsen bin (Früher als Welpe, kann ich mich noch erinnern, habe ich mich öfter gefragt, wenn ich an ganz großen Hunde vorbei gelaufen bin, ob ich denn wohl auch mal so groß werde wie die ... war aber nicht...). Und bis auf das mit dem Tanken, scheint sich der Lebensstil meines Herrchens auch nicht großartig verändert zu haben, sodass ich gar nicht unbedingt bemerkt hätte, dass er mehr Geld zu verdienen scheint, wenn ich nicht gehört hätte, wie er mit einem seiner Freunde darüber gesprochen hat und ihm erzählt hat, wie schön es ist, jetzt endlich nicht mehr ständig befürchten zu müssen, dass das Geld am Monatsende knapp wird und er am Ende noch sein Auto verkaufen muss und er dabei trotzdem noch so und so viel pro Monat zurücklegen kann, um es anzusparen. Zum Glück war das zu einem Zeitpunkt, an dem ich mit all diesen Begriffen schon etwas habe anfangen können und mich deshalb auch für ihn freuen konnte. Ich habe daneben gesessen und mit meinem Schwanz gewedelt. Dass das Freude ausdrückt, das wissen die meisten Menschen ... oder zumindest die, die Hunde haben oder mal hatten, ja immerhin. Nur hat mein Herrchen natürlich nicht wissen können, dass es darauf bezogen war, was er gesagt hatte. Er weiß ja nicht, dass ich ihn so gut verstehen kann ... auch wenn er es, glaube ich, manchmal vermutet und auch so tut. Eigentlich könnte er es sogar wissen, wenn ich so darüber nachdenke. Aber nun gut, das ist jetzt hier auch nicht unbedingt das Thema. Auf jeden Fall hat er mehr Geld und scheint sogar relativ gerne zur Arbeit zu gehen. Zumindest hat er früher oft gejammert: „Och, nöö! Morgen wieder so früh aufstehen und dann den ganzen Tag arbeiten." Für seine neue Stelle muss er anscheinend auch gar nicht mehr so früh aufstehen. Aber auch sonst redet er viel besser über seine Arbeit als früher noch. Er betont allerdings nach wie vor auch immer wieder, wie gerne er Urlaub hat und wie gut es ist, dass er jedes Jahr auf jeden Fall im Sommer und um Weihnachten und Silvester herum frei bekommt und vor allem natürlich auch zum ‚Rosenmontag'! Das ist eigentlich fast das Wichtigste von allem: Dass er da zum großen Karnevals-umzug in Köln gehen kann. Fasching geht ja über mehrere Tage, aber das scheint wohl von allen – jedenfalls in diesem Köln, der Wichtigste zu sein. Auf den freut sich mein Herrchen auch immer am meisten, auch wenn er vorher am Wochenende schon zu Faschingsveranstaltungen geht, auf die er sich natürlich schon auch freut. Aber der Rosenmontag, das ist der ultimative Tag! Das ist auch der, mit dem er mir immer schon Wochen vorher in den Ohren liegt. (Als wirklich ganz junger Hund habe ich mich ja tatsächlich immer gefragt, wie Menschen denn bloß in die Ohren anderer hineinpassen könnten. Da ich das aber oft gehört und nie beobachtet habe, bin ich dann doch recht bald zu dem Schluss gekommen, dass diese Formulierung irgend eine andere Bedeutung haben muss.). Und bis jetzt scheint es auch immer geklappt zu haben, dass er diesen Tag frei bekommt und auch immer noch den Dienstag danach. Das ist ihm auch immer ziemlich wichtig. Einmal hat er auch schon die ganze Woche frei bekommen. Da hat er sich vielleicht gefreut!

Bei meinem ersten Karneval damals haben wir ja zwar noch nicht in der Nähe von Köln gewohnt, der Montag war auch damals schon der eine, ganz besondere Tag. Womit wir wieder zurück beim eigentlichen Thema wären: So ist das noch eine ganze Weile weiter gegangen. Mit Laufen, stehen bleiben, trinken, neues Bier nehmen, altes wegstellen, lachen, Musik mit grölen, bis wir irgendwann am Ende der großen Straße (die also wirklich extrem lang zu sein scheint, so lange wie wir gebraucht haben, um sie komplett abzulaufen … auch wenn wir nicht gerade schnell unterwegs gewesen sind) angekommen waren. Wir sind noch etwas weiter gegangen. Dort hin, wo es schon wieder etwas ruhiger ist, sodass man sich gut unterhalten kann. Da wurde dann zum einen erst mal beratschlagt, wie man denn den restlichen Tag noch verbringen wolle, es haben sich aber auch viele miteinander ausgetauscht, wie sie den bisherigen Verlauf gefunden haben. Und eigentlich waren sich alle einig, dass es bis dorthin ein sehr gelungener Tag gewesen ist und alle schon viel Spaß gehabt haben und an sich alles gestimmt hat: Genügend Bier, viele nette Leute, genug, aber nicht zu viel, Musik und vor allem für diese Jahreszeit auch sehr gutes Wetter. Zwar ist es zwischendurch immer wieder nicht ganz so sonnig gewesen, aber für einen Februar waren die Temperaturen doch wirklich sehr milde. Da konnte auch ich mich nur anschließen. Also gut, das mit dem Bier, da hatte ich selbst jetzt nicht die Welt von, aber beim ganzen Rest auf jeden Fall. Auch bei der Wetter-Frage! Ich war nämlich schon immer ein sehr schnell frierender beziehungsweise fröstelnder (sehr nettes Wort, finde ich!) Hund

und bin es auch jetzt noch. Aber auch ich habe an diesem Tag nicht gefroren, obwohl wir so lange draußen gewesen sind. Das Wetter ist sowieso so eine Sache für sich. Dazu habe ich als Hund auch so meine Betrachtungen, aber von denen erzähle ich lieber ein anderes Mal. Denn gerade an diesem Tag hat es am Wetter ja eigentlich mal wirklich überhaupt nichts auszusetzen gegeben, sodass ich mich auch gar nicht habe ärgern müssen, was ich sonst doch schon immer wieder getan habe. Und auch den Ausdruck Hunde-Wetter finde ich nach wie vor doch recht seltsam!

Der einzige Punkt, an dem sich nicht alle einig waren, war der, welcher Dönerladen der bessere ist. Es hat sich nämlich herausgestellt, dass die Konsorten-Freunde sich ebenfalls, bevor sie das große Karneval-Gebiet' betreten haben, noch in einem Dönerladen etwas zu essen gekauft haben und dort ebenfalls sehr zufrieden gewesen sind. Und so ist also eine Diskussion zwischen der einen Gruppe, bestehend aus meinem Herrchen, Frauchen eins, deren Freunden, Peter und den Konsorten und der anderen Gruppe, bestehend aus den Konsorten-Freunden, entstanden. Gut, im Nachhinein, nachdem ich auch schon wirklich etliche andere Diskussionen, viele davon auch ohne, dass einer der Diskussionsteilnehmer oder gar alle, zuvor Alkohol getrunken hatten, würde ich gar nicht mehr unbedingt behaupten, dass es eine ‚echte' Diskussion gewesen ist. Es war mehr so ein: „Hey, Leute, ihr findet doch auch, dass der Laden besser ist als der andere?", (die Namen der Läden habe ich jetzt dummerweise beide vergessen ...) und alle anderen aus der einen Gruppe dann: „Ja, auf jeden Fall. Da gibt's gar nichts zu diskutieren!" (wobei es von einigen eigentlich mehr ein: „Da gibsss nix su diskutian!" Gewesen ist. Vom betankten Konsorten-Freund auf jeden Fall! Dass der überhaupt noch mitbekommen hat, worum es geht, wundert mich im Nachhinein doch ein bisschen, wenn ich jetzt so darüber nachdenke. Von wem sonst noch, das weiß ich jetzt gar nicht mehr so genau. Jedenfalls war dann die Antwort von allen oder den meisten jedenfalls (also allen, die es eben mitbekommen haben und sich nicht selbst untereinander unterhalten haben) aus der anderen Gruppe dann: „Was?! Nie im Leben! Der andere ist doch um Lääängen besser!", oder irgendetwas in dieser Art. Viel, was man der Definition nach als ‚Argument' bezeichnen könnte, war wohl nicht dabei. Teilweise wurde, glaube ich, etwas vom Preis gesagt, aber mehr auch nicht. Ich weiß nicht, ob am Ende irgendjemand einen anderen überzeugen konnte, ich denke aber eher nicht. Aber das Ganze war, je länger ich so darüber nachdenke, sowieso mehr aus Spaß, als dass man sich darüber wirklich gestritten hätte. Zum einen wurde dabei auch immer wieder sehr viel gelacht, was natürlich auch am Alkohol gelegen haben mag, aber generell sagt mir meine Hundeerfahrung, dass Menschen, auch wenn sie unter Alkoholeinfluss eine wirklich ‚ernste' Diskussion über ein wichtiges Thema haben, dann dabei doch eher weniger lachen. Damals war ich mir da aber noch nicht so ganz sicher. Ich habe aber auch nicht allzu viel darüber nach gedacht, da es für mich doch viele Dinge gegeben hat, die an diesem Tag wichtiger gewesen sind. Irgendwann hat dann aber einer der Freunde meines Herrchens angefangen: „Aber viel interessanter war heute eigentlich, was sich VOR der Dönerbude abgespielt hat", und ganz viele von denen, die dabei gewesen sind, haben gleich gemeint: „Ach stiiimtt ja! Das ist doch was zum Erzählen!" Und selbst ich habe reflexartig zustimmend gebellt. In dem Fall ist das aber gar keinem so richtig aufgefallen, da der Freund schon begonnen hatte zu erzählen, was allerdings zunächst nur recht schleppend vorangegangen ist, da er dabei selbst immer wieder so sehr hat lachen müssen, bevor die anderen, die nicht dabei gewesen waren, überhaupt wissen konnten, warum er lachen musste, was doch immer etwas ungünstig ist. Und alle oder zumindest die meisten derjenigen, die dabei gewesen waren, denen ist es ganz ähnlich gegangen. Die mussten auch alle immer wieder loslachen, sodass gar nicht erst jemand von ihnen den Versuch gestartet hat, selbst weiter zu erzählen. Ich meine, die Sache mit dem Döner im Nacken hatte ja auch wirklich so ihre Situationskomik. Auch ich muss – innerlich … äußerlich kann ich ja nicht - immer wieder lachen, wenn ich daran denke. Auch heute noch. So haben sich also eine ganze Weile lang alle, die dabei gewesen sind, immer wieder gegenseitig angesteckt mit Lachen und auch die anderen, denen die Geschichte eigentlich erzählt werden sollte, haben irgendwann dann auch fast alle gelacht und den Kopf geschüttelt, obwohl sie die Geschichte ja noch gar nicht gehört hatten. Irgendwann hat es dann der ursprüngliche Erzähler aber doch noch fertig gebracht, die Situation zu beschreiben, woraufhin die Konsorten-Freunde verstanden zu haben scheinen, warum alle anderen schon beim Gedanken daran so sehr haben lachen müssen. Man kann also festhalten: Es wurde wieder Minuten lang fast pausenlos gelacht. Mal nur von Einzelnen, mal aber auch von allen gleichzeitig. Nachdem dann aber alle einigermaßen ausgelacht hatten und sich teilweise sogar die Bäuche gehalten haben und gemeint haben „Ich kann nicht mehr", wurde dann das Beratschlagen über den weiteren Tagesverlauf fortgesetzt. Bei vielen mit einem gerade frisch geöffneten Bier oder frisch befüllten Becher in der Hand. Es heißt, nein! Da fällt mir ein, das stimmt gar nicht ganz. Erst haben sich einige nach dem Lachen nicht nur die Bäuche, sondern auch etwas weiter unten gehalten, sich umgeschaut oder andere gefragt, ob es denn hier ein ‚sichtgeschütztes Plätzchen' gäbe. Wozu das nun gut sein sollte, habe ich zunächst überhaupt nicht verstanden und erst später dann zumindest aus Menschen-Perspektive. Ich meine, wir Hunde, wir sind da ja nicht nur das, was Menschen wohl als indiskret bezeichnen würden, sondern wir sind ja regelrecht stolz darauf, wenn wir unser Revier markieren, und WOLLEN dabei gerade gesehen werden. Also auch in diesem

Punkt sind die Menschen uns Hunden doch nicht ganz so ähnlich, wie ich zunächst für kurze Zeit angenommen hatte. Aber nun gut. Menschen sind eben auch Menschen und Hunde sind Hunde. Ich mag solche Sätze eigentlich. Da kann man nichts Falsches sagen! So hat sich die Gruppe ziemlich schnell, bis auf ein paar Wenige, in mehrere Kleingruppen, die sich in verschiedene Richtungen verstreut haben, aufgelöst. Auch mein Herrchen und Frauchen eins waren kurze Zeit nicht da. Mein Herrchen hat die Leine so lange einem der Konsorten überlassen, der mich freundlich angeschaut hat und ich habe freundlich, und vermutlich auch ihn interessiert musternd, zurück geschaut. Er hat dann jedenfalls gemeint: „Na, Du bist ja einer!". Aber nicht in diesem Tonfall, in dem man sagt: „Du bist ja ein Schlawiner", was im Übrigen eines meiner Lieblingsworte ist, obwohl ich bis heute nicht genau weiß, wie jemals jemand auf dieses Wort gekommen sein könnte, aber immerhin weiß ich, wann man es verwendet und was es ungefähr heißt. Der Konsorte hat das aber mehr so gesagt, als hätte er damit gemeint: „Ja, Du bist ja ein Lieber", oder „ein Süßer" oder dergleichen. Ich habe auf jeden Fall mal gebellt, was ihm gefallen zu haben scheint. Auf jeden Fall hat er gelächelt. Er konnte, ganz im Gegensatz zu dem ebenfalls da gebliebenen betankten Konsorten-Freund, noch ziemlich gerade und ganz ruhig stehen. Obwohl ich ihn auch einige Male eine Flasche Bier öffnen sehen habe und er gerade noch einen halb vollen Becher in der Hand hatte, aus dem er hin und wieder einen Schluck genommen hat. Ich kann allerdings nicht mehr genau sagen, wie viel mehr oder weniger Flaschen Bier dieser nun geöffnet hatte, als der andere. Das habe ich so genau dann auch wieder nicht mit bekommen. Ich war aber auf jeden Fall doch ganz froh, dass mein Herrchen diesem Konsorten und nicht dem Konsorten-Freund meine Leine überlassen hat, da ich das betankte Verhalten des Konsorten-Freundes zwar auch damals schon recht amüsant gefunden habe (und heute ja sowieso), es mir auf der anderen Seite aber auch nicht so ganz behagt hat. Zum einen, weil es eben doch einfach sehr neu, ungewohnt und irgendwo auch seltsam für mich gewesen ist, zum anderen hätte ich aber vor allem deshalb schwer dagegen angesehen, dass dieser Konsorten-Freund meine Leine in die Hand bekommt, da ich dann ja unter Umständen (also jedenfalls wenn die Leine festgestellt gewesen wäre, was sie in diesem Fall war, da ich ja in dem Gedränge nicht zu weit von der Gruppe hätte weggehen dürfen, was ich auch vollkommen eingesehen habe) jedes Mal hätte mit müssen, wenn der Mensch sich in irgendeine, vorher absolut nicht absehbare, Richtung bewegt hätte, wenn ich nicht gewaltsam von ihm mit gerissen werden hätte wollen, was dann natürlich logischerweise einen ziemlichen Stress bedeutet hätte. Also war mir das so schon deutlich lieber. Der Konsorte nämlich, der hatte mich anscheinend wirklich auf Anhieb gern und hat mich die ganze Zeit angeschaut, angelächelt, ich habe zurückgeschaut, er hat den Kopf geneigt, ich habe den Kopf geneigt, ihm hat das gefallen, mir auch und ich habe mich vor allem auch gefreut, dass es immer wieder Menschen gibt, die man so leicht dazu bringen kann, sich zu freuen, und es war überhaupt ganz wunderbar. Gut, ich meine, Menschen freuen sich sicher leichter, wenn sie Alkohol getrunken haben, aber erstens habe ich das damals noch nicht (sicher) gewusst und zweitens hätte er sich trotz allen Alkohols wohl nicht gefreut, wenn er keine Hunde gemocht hätte. Mein Herrchen und auch Frauchen eins werden sich sicher auch etwas bei der Wahl meines Leinen-Halters gedacht haben! (Gut, allzu groß war die Auswahl ja allerdings auch nicht mehr...) Zu schade nur, dass ich diesen Menschen seit dem, glaube ich, nicht ein einziges Mal mehr wieder gesehen habe. Es hat dann aber auch nicht mehr lange gedauert (etwa zehn Blicke zwischen mir und dem Leinen-Halter und drei Schlucke aus dessen Becher oder anders gerechnet, etwa sieben große Schritte des Konsorten-Freundes in die verschiedensten Richtungen), bis die ersten – sichtlich erleichtert und dadurch noch erfreuter als zuvor schon – wiedergekommen sind. Ich muss zugeben, ich war so damit beschäftigt, meinen Leinenhalter zu beäugen, dass ich gar nicht so genau mitbekommen habe, wo genau die Leute denn alle her gekommen sind. Aber so wahnsinnig wichtig, ist das ja eigentlich auch nicht. Unter den ersten Markierungs-Rückkehrern waren auch schon mein Herrchen und Frauchen eins, sodass der Leinenhalter dann seinen Haltedienst beendet hat und die Leine mit den Worten: „Das ist ja ein ganz Braver! Richtig goldig, der Kleine!", zurück überreicht hat. Diese Worte haben sowohl bei mir als (offensichtlich) auch bei meinem Herrchen und Frauchen eine große Freude ausgelöst und es haben ihm auch beide zugestimmt, was mich natürlich noch mehr gefreut hat. Ich habe alle so lieb, wie ich kann, angeschaut und mit dem Schwanz gewedelt, was dann wiederum die ganzen Leute gefreut hat. Und dann ist meinem Herrchen sogar noch etwas eingefallen, was ich selbst tatsächlich schon ganz vergessen hatte: Er hat aus seinem Rucksack eine Plastiktüte geholt, auf der ein recht nett aussehender Hund abgebildet war, der offensichtlich sehr zufrieden gewesen zu sein scheint. Ich hatte wirklich vergessen, dass er ja noch ‚Leckerlis' (ein albernes Wort … aber alle benutzen es. Also mache ich das auch!) für mich dabei hatte. Eigentlich dachte ich allerdings auch, es wäre ein Kauknochen, aber das muss ich wohl falsch gesehen haben. Vermutlich sind Leckerlis und Kauknochen von derselben Marke und es ist dementsprechend der selbe gut gelaunte Hund darauf abgebildet. Oder er hat sich kurzfristig umentschieden und den Kauknochen noch ausgetauscht, was ich aber nicht mitbekommen habe. War mir dann aber auch egal. Diese Dinger sind auch prima! Mein Herrchen hat dann angefangen, mir davon ein paar mit den Worten: „So, die hast Du Dir jetzt wirklich verdient, so brav wie Du den ganzen Tag warst. Und außerdem hast Du ja auch schon seit heute Morgen nichts mehr gegessen, während wir uns da alle schon einen Döner rein gehauen haben!", zu Essen zu geben. Das war ja in der Tat das Einzige, was ich bis zu diesem Zeitpunkt an diesem Tag zu bemängeln hatte: Dass ich nichts bekommen hatte, während alle anderen Döner gegessen haben. Da habe ich dann also natürlich nicht abgelehnt, sondern mich über diese – das muss ich zugeben – durchaus wohlschmeckenden (besonders wenn man Hunger hat) ‚Leckerlis' her gemacht. Ein paar habe ich vom Boden gegessen, ein paar direkt aus der Hand meines Herrchens und ein paar aus der Hand von Frauchen eins. Mir persönlich ist das eigentlich relativ egal, woraus oder wovon ich esse. Hauptsache ich esse! Aber einigen Menschen beziehungsweise Hundebesitzern oder Leuten, die Hunde im Allgemeinen mögen, scheint das ja wohl Spaß zu machen. Und mir macht es ja auch nichts aus … vorausgesetzt, derjenige lässt dann auch los, sonst ist es mühsam und auch ein bisschen nervig. Aber das kommt zum Glück nur selten vor. Ich habe auch schon von einigen Hundekollegen gehört, die sich darüber immer besonders freuen, wenn sie aus der Hand von irgendjemandem fressen dürfen. Zu denen gehöre ich aber eigentlich eher nicht. Und das liegt nicht an der übertragenen Bedeutung von „Der frisst mir aus der Hand", bei Menschen! Und der Konsorte war scheinbar doch auch niemand, der das unheimlich gerne gemacht hätte, da er auf die Frage meines Herrchens hin, ob er auch mal wolle, dann doch dankend (aber sehr freundlich) abgelehnt hat. Vielleicht war er, beziehungsweise ist, hoffentlich noch, auch einer von diesem Menschen, die Hunde zwar gerne mögen, aber so den ganz direkten Kontakt dann doch nicht so gerne haben. Das gibt es ja öfter. Habe ich schon oft erlebt, dass Menschen, die ganz sicher keine Hunde-Feinde sind, dann, gerade wenn einer meiner Kollegen besonders schnell und besonders zielgenau auf sie zukommt und am liebsten überall ‚abschlabbern' würde (also ich persönlich finde ja auch, dass es andere Möglichkeiten gibt, freundlich zu sein, aber einigen Menschen scheint das ja auch zu gefallen), dann doch ein etwas mulmiges Gefühl bekommen und nicht recht wissen, wie sie damit jetzt umgehen sollen. Das ist ja mal etwas, was wirklich stimmt von dem, was Menschen über uns denken: Wir – gut, die meisten von uns – merken doch ziemlich schnell, wenn einem Menschen etwas mulmig und nicht ganz wohl ist. Bei dem Konsorten war dies aber ganz sicher nicht der Fall!

Während ich also so genüsslich meine Leckerlis verspeist habe und darüber nachgedacht, was das nicht für ein schöner Tag ist und ob es vielleicht sogar der bis dahin schönste in meinem Hundeleben sein könnte, sind dann auch die gründlichsten (oder weiträumigsten, so genau weiß ich das nicht) Markierer wieder eingetrudelt und es wurde eigentlich das fortgesetzt, was zuvor schon getan worden war: Man hat sich unterhalten, ausgetauscht und viel gelacht. Es waren aber noch mehr Einzelgespräche, als vorher. Ich glaube, Menschen gehen mit der Reviermarkierung irgendwo auch etwas erwachsener um: Offensichtlich wollte nicht jeder sein eigenes Revier, sondern es hatten sich auch einige eins geteilt und waren dabei ins Gespräch gekommen, welches sie dann noch, wieder am Gruppentreffpunkt angekommen, fortgesetzt haben. Dadurch, dass es so viele Einzelgespräche waren, habe ich allerdings wieder von keinem inhaltlich besonders viel mitbekommen und kann mich an das Wenige auch nicht mehr so wirklich erinnern. Da war ich auch einfach sehr zufrieden und einigermaßen gesättigt und dadurch also noch zufriedener und deshalb darüber hinaus so entspannt, dass ich mich auch gar nicht mehr wirklich darauf konzentriert habe beziehungsweise überhaupt konzentrieren wollte. Aber es war sicher nicht so viel wahnsinnig Wichtiges, da die meisten doch schon so viel getrunken hatten, dass die Gespräche nicht mehr tiefsinnig, sondern mehr unsinnig waren. Dass dem so ist, haben mir die Verläufe so einiger Abende in meinem Hundeleben gezeigt! Ich glaube aber, ziemlich sicher sagen zu können, dass es nicht um irgendwelche Reviere ging. Sich darüber auszutauschen, dass machen dann doch – ganz egal ob Karneval oder nicht – nur wir Hunde. So ging das dann auch noch eine ganze Weile weiter. Ab und an habe ich noch das, mir inzwischen wohl bekannte, Geräusch, eines von der Flasche abspringenden Kronenkorkens gehört. Damals habe ich allerdings noch nicht gewusst, dass man dieses Ding Kronenkorken nennt und man es keinesfalls mit einem Bierdeckel verwechseln darf, der ja etwas ganz anderes ist und meistens eher unter das Bier gelegt wird … Also manchmal denkt man sich ja als Hund schon so seinen Teil über die Menschen! Heute weiß ich das aber alles. Die Stimmung war also folglich gleich bleibend gut. Ich weiß gar nicht mehr genau, wie lange wir da noch gestanden haben. Es war aber immerhin so lange, dass manche scheinbar auf die Idee gekommen sind, nochmal nach zu markieren.

Irgendwann, nachdem alle auch von diesem Unternehmen wieder zurück waren, sind dann die vielen Einzelgespräche in ein gemeinsames Beratschlagen über den weiteren Tagesverlauf übergegangen. Es wurden mehrere Vorschläge gemacht: Hier noch etwas stehen bleiben und dann nach Hause gehen, gleich heimgehen, noch in die Kneipe, noch mal durch die Straße zurücklaufen und dann in die Kneipe oder noch mal durch die Straße zurücklaufen und dann nach Hause. Man hat sich dann allerdings doch ziemlich schnell auf den letzten Vorschlag geeinigt. Allerdings mit der Option, dass diejenigen die noch Lust hätten, anschließend natürlich noch in eine oder mehrere Kneipen gehen könnten und der Rest dann eben heimgehen würde, da zum einen der Weg zurück über die Straße so der so der direkteste Heimweg für die meisten war beziehungsweise zur Straßenbahnhaltestelle oder auch zu einer guten Kneipe. Um noch länger stehen zu bleiben, werde es langsam doch etwas zu kalt, hat es geheißen. Und tatsächlich: Auch ich habe festgestellt, dass es an diesem Tag schon mal wärmer gewesen war. Es war eben doch noch Februar und damit eigentlich Winter, obwohl wir wie gesagt ja Glück mit dem Wetter hatten. Die Zeit war auch wesentlich schneller vergangen, als ich und ich glaube auch die meisten der Menschen gedacht hätten: Es war schon gar nicht mal mehr so früher Nachmittag. In die Kneipe wollten die meisten auch nicht mehr, da diese zum einen an Karnevalstagen alle immer extrem überfüllt und stickig seien und zum anderen einige gemeint haben, dass sie immer so müde werden, wenn sie tagsüber so viel Alkohol trinken und in der warmen, stickigen Kneipe dann erst recht einschlafen würden. Bier-Peter wollte auch deshalb nicht mehr in eine Kneipe, da er seinen Bollerwagen, in dem sich trotz der vielen, fleißigen Trinker, doch noch immer einiges an Bier und anderen alkoholischen Getränken befunden hat, dann hätte unbeaufsichtigt lassen müssen. Und was da an Karneval alles mit diesem Bollerwagen oder im besten Fall nur dessen Inhalt passieren könnte, das habe selbst ich als Hund mir schon damals recht lebhaft vorstellen können. So hat man sich also darauf geeinigt, sich langsam aber sicher auf den Rückweg über die Fest-Straße zu machen. Das würde ja so oder so noch einige Zeit dauern, bis man dann zuhause wäre. Tatsächlich sind wir aber um einiges besser vorangekommen, als auf dem Hinweg. Das hatte wohl mehrere Gründe: Zum einen war einfach schon deutlich weniger los auf der Straße, als auf dem Hinweg. Einige waren wohl in den Kneipen verschwunden, nach Hause gegangen, um dort weiter zu feiern oder sich auszuruhen, und einige hatten es wohl leider auch übertrieben mit dem Alkohol und waren deshalb ins Krankenhaus gekommen. So habe ich das jedenfalls dem Kommentar von einem der Konsorten, als man eine Sirene gehört hat, entnommen. Dabei haben alle den betankten Konsorten-Freund angeschaut, der mittlerweile schon fast wieder etwas, also nicht viel aber eben etwas, normaler gewirkt hat als noch während ich mit ihm und dem Leinenhalter-Konsorten allein gewesen bin. Dieser hat auf jeden Fall gemeint: „I happsss nich üwatriemm. Mir gehhs gut!", woraufhin wieder einige gelacht haben. Wir sind aber auch deshalb besser vorangekommen, weil wir diesmal in die Richtung gelaufen sind, in welche die Mehrheit gelaufen ist und außerdem der Bollerwagen doch um einiges leichter geworden war und deutlich lockerer gezogen werden konnte, zumal es stellenweise ja auch noch leicht bergab gegangen ist. Außerdem haben das jetzt immer dieselben zwei übernommen, die scheinbar vergleichsweise wenig getrunken hatten oder deutlich mehr vertragen. (Diese Frage hatte ich mir im Übrigen auch schon bei dem Leinen-halter und dem Betankten gestellt: Ob der eine wirklich viel betankter war oder sein Tank nur so viel kleiner ist. Es heißt, so frage ich mich das heute, seitdem ich das mit dem betankt – ich denke jedenfalls – richtig verstanden habe. Was genau ich mich damals gefragt habe, weiß ich schon gar nicht mehr.). Es war auch deutlich weniger Musik als auf dem Hinweg und dadurch war es natürlich auch allgemein ruhiger, was mir in diesem Fall gar nicht mal so ungelegen gekommen ist. Ab und an ist die Musik aber doch noch etwas lauter geworden und einige haben auch wieder mit gesungen oder eben gegrölt. Aber doch wesentlich seltener. So waren wir also mindestens doppelt so schnell am anderen Ende der Straße, wie auf dem Hinweg am einen (das auf dem Hinweg ja eigentlich auch ,das andere' war ...). Und das, obwohl der Weg länger war, da wir in die Straße (ich sage jetzt einfach mal ,in' beziehungsweise schreibe es) vorher durch eine Seitenstraße irgendwo ziemlich mitten drin gekommen waren. Dort angekommen, hatte sich scheinbar unterwegs schon eine Gruppe zusammen-gefunden, die gemeinsam noch in mindestens eine Kneipe gehen wollte, vielleicht aber sogar noch eine richtige Kneipentour machen. Damals konnte ich immerhin schon erahnen, was eine

Kneipentour ist. Heute weiß ich es genau. Von den anderen wurde ihnen dafür viel Erfolg gewünscht, überhaupt noch in eine Kneipe rein zu kommen. Zum einen, da es voll sei, zum anderen, da sie den betankten Konsorten-Freund (mir fällt der Name einfach nicht mehr ein, da ich ihn mir nur unter diesem Namen gemerkt habe) unter sich hätten. „Wieso sollde man MICH nich reinlllasnnn?! Mhm??", hat dieser daraufhin gemeint und wieder unheimlich angefangen zu lachen, was ihm einige gleich getan haben und ein anderer gemeint hat: „Ja ne, Du, weiß auch nich!" und wieder ein anderer: „Na, da denk' mal ganz scharf nach.", wobei beide ebenfalls gelacht haben. „Da kommt Schilli raus!", hat der Konsorten-Freund nach einer kurzen Pause, in der er entweder wirklich überlegt oder zumindest so getan hat, geantwortet, woraufhin wieder fast die ganze Gruppe gelacht hat. Mein Herrchen und Frauchen eins hatten aber scheinbar kein Interesse mehr, noch mit in irgendeine überfüllte Kneipe zu gehen, worüber ich an diesem Tag auch gar nicht so undankbar gewesen bin. Normalerweise habe ich aber kein Problem mit Kneipen. Die allerdings leider manchmal mit mir … oft sind keine Hunde erlaubt! Na ja, anderes Thema! So haben sich also an dieser Stelle die meisten voneinander verabschiedet. Also alle außer denen, die einen (zumindest bis zu einem gewissen Punkt) gleichen oder ähnlichen Heimweg hatten. Die meisten haben sich umarmt oder aber auch die Hand und/ oder die Faust gereicht. Menschen haben da ja sehr viele verschiedene Varianten wie man sich, abgesehen von den Worten, die ja auch sehr vielfältig sind, begrüßen oder auch verabschieden kann. Nur die Nase beschnuppern, das tun sie eher nicht. Jedenfalls habe ich das noch nicht bewusst gesehen.

Und alle waren sich einig, dass es (bis dahin; für manche war er ja noch nicht zu Ende) ein wirklich sehr netter und gelungener Tag gewesen ist und einige, die sich erst an diesem Tag kennen gelernt hatten, wollten sich demnächst mal wieder treffen oder sich zumindest schreiben (also übers Handy. Das ist auch wieder ein anderes großes Thema!). Es haben sich auch alle nochmal herzlich bei Bier-Peter bedankt, der seinerseits nochmal betont hat, dass er das wirklich gerne gemacht habe und es ihm ein Anliegen gewesen sei, sich mal für die letzten Jahre zu revanchieren, in denen er nicht viel Geld gehabt hat und sich nicht gerade selten bei anderen, ich zitiere, ‚durchgefuttert, durchgesoffen und durchgeraucht' habe. Ich war damals etwas verwundert, da ich mir nicht vorstellen konnte, dass er sich wirklich durch einen der anderen hindurch gegessen haben könnte. So gut habe ich die Menschen ja allemal gekannt, dass ich gewusst habe, dass sie keine Nacktschnecken oder Gottesanbeterinnen sind und auch keinerlei Ähnlichkeiten mit diesen haben (Na ja gut … bis auf wenig Ausnahmen vielleicht). Ich bin aber eben auch nicht auf Anhieb auf die übertragene Bedeutung gekommen. Daraufhin haben einige andere gemeint, dass das wiederum für sie stets Ehrensache gewesen sei. Ich kann also rückblickend sagen: Auch was die menschliche Definition von ‚Freundschaft' angeht, ist dieser Tag für mich sehr aufschlussreich gewesen und ich habe mich wirklich richtig mit gefreut, dass sich die Leute untereinander scheinbar so gut verstanden haben. Dass das durchaus keine Selbstverständlichkeit oder gar die Regel ist, das habe ich sowohl vor diesem Tag als auch in den darauffolgenden Jahren immer wieder mal erfahren. Umso toller finde ich das rückblickend. Schade, dass ich einige von den Leuten entweder gar nicht mehr oder nur noch einmal gesehen habe. Obwohl ich sagen muss, dass die Leute, mit denen mein Herrchen mittlerweile immer etwas unternimmt, ebenfalls alle schwer in Ordnung sind. (Diesen Begriff habe ich erst neulich kennen gelernt und für gut befunden. Deshalb verwende ich ihn hier jetzt gleich mal selbst). Aber wenn ich irgendwann doch nochmal wenigstens ein paar von den Leuten wiedersehen würde, wäre das schon auch wirklich schön. Schon deshalb, weil mich interessieren würde, wie sie heute aussehen. Menschen verändern sich ja über die Jahre doch oft recht stark. Wir Hunde zwar auch ein bisschen, aber das fällt längst nicht so auf. Auch wenn das bei Menschen teilweise vielleicht auch so sein mag, aber allgemein verändern sie sich schon stärker.

Also, wo waren wir? Ach ja, beim Verabschieden: Die ganze Verabschiedungsprozedur hat also auch noch eine ganze Weile gedauert, sodass es schon früher Abend war, als ich mit meinem Herrchen, Frauchen eins und einer weiteren Kombination aus Mann und Frau, die offensichtlich in einem ähnlichen Verhältnis zueinander gestanden haben wie mein Herrchen und Frauchen eins oder später dann auch Frauchen zwei, losgelaufen bin. Und da waren einige immer noch nicht fertig mit verabschieden … Also das passiert bei uns Hunden nun wirklich ganz sicher nicht. Aber gut: Ist ja nichts Schlimmes und vielleicht hat es ja auch mit am Alkohol gelegen. Ich habe mich im Übrigen nochmal extra von meinem Leinenhalter-Konsorten verabschiedet, indem ich sein Bein beschnuppert habe und er dann offensichtlich auch gleich verstanden hat und mir über den Kopf gestreichelt hat und gesagt hat: „Max, mein Lieber. Dir wünsch' ich alles Gute. Bring Dein Herrchen und Frauchen gut heim! Ich hoffe, wir sehen uns nochmal irgendwann.", und hat dazu ganz lieb gelächelt. Um ehrlich zu sein, hoffe ich das auch heute noch. Wer weiß, vielleicht klappt es doch irgendwann nochmal! Aber seit dem Umzug ist das natürlich doch wesentlich unwahrscheinlicher. Aber man soll ja die Hoffnung nie aufgeben. Nur kann ich das meinem Herrchen eben nicht sagen. Manchmal ist es doch blöd, ein Hund zu sein. Manchmal dafür aber eben auch wieder sehr von Vorteil. Auch in dieser kleinen Gruppe, in der wir dann zunächst den Heimweg antraten, haben sich alle nochmal gegenseitig gesagt, wie viel Spaß sie gehabt hätten, wie schön der Tag gewesen sei und was man doch für ein Glück mit dem Wetter gehabt hätte. Auch ich habe dazu ab und zu gebellt, um zuzustimmen, woraufhin ich von allen angelächelt worden bin und auch erst von meinem Herrchen und Frauchen und dann auch von den anderen beiden nochmal dafür gelobt worden bin, dass ich so brav war, woraufhin ich nochmal gebellt habe und mit dem Schwanz gewedelt, da es mich wieder sehr gefreut hat!

Etwa auf der Hälfte des Weges mussten die anderen beiden dann doch in eine andere Richtung als wir drei, sodass sich die Menschen erst noch ein bisschen im Stehen unterhalten haben, bis sie sich dann umarmender Weise verabschiedet und sich noch einen schönen Abend gewünscht haben.

Dann bin ich mit meinem Herrchen und meinem Frauchen den restlichen Weg nach Hause gelaufen. Nicht sehr schnell, das waren wir aber auch schon zu fünft nicht (ich zähle mich jetzt der Einfachheit halber einfach mal als Person mit!). Mir ist allerdings jetzt erst so richtig aufgefallen, dass auch mein Herrchen und Frauchen eins, besonders Frauchen, scheinbar doch etwas Mühe hatten, noch ganz geradeaus zu laufen, sodass wir häufig die Straßenseite gewechselt haben, was für mich aber kein Problem war, da die Leine mittlerweile auf ‚ausziehbar‘ eingestellt gewesen ist und ich dementsprechend nicht ganz so schnell reagieren musste. In diesem Wohngebiet kommt außerdem auch so gut wie nie ein Auto. Und schon gar nicht, wenn Karneval ist. Da sind die meisten ja, wenn dann, zu Fuß unterwegs, wenn sie aktiv dabei sind oder sie müssen in die andere Richtung ganz außen rum fahren, da die Straßen ja alle mehr oder weniger voll mit Menschen sind und die Hauptstraße ja komplett gesperrt.

Ich weiß nicht genau, ob mir das vorher nur nicht aufgefallen war oder sie es wirklich noch besser konnten, als wir zu fünft gelaufen sind. Na ja, egal. Sie hatten auf jeden Fall beide sehr gute Laune und haben viel gelacht und gekichert, sich geküsst (so heiß es nämlich ... vorhin wollte es mir ja partout nicht einfallen ... damals haben sie in meinem Kopf auch noch ihre Schnauzen aneinandergedrückt und sich gegenseitig abgeschlabbert. Heute kenne ich das Wort ja aber eigentlich. Bloß ist es in meinem Kopf nicht allzu präsent. Spätestens, seitdem auch Frauchen zwei nicht mehr bei uns lebt) und haben mich immer wieder als ‚Guten‘ und ‚Lieben‘ bezeichnet, was mir ja nur recht sein konnte. Zuhause angekommen (einige Zeit später wohlgemerkt!), darunter einige Stolperer von Frauchen und einem von Herrchen beim Treppe rauf gehen, haben sie sich dann die Hände gewaschen, mich von der Leine befreit, sodass ich mich in mein Körbchen gelegt habe, um mich etwas auszuruhen, und sie derweil in ihrem Schlafzimmer verschwunden sind. Sicher, um sich nach diesem anstrengenden Tag auszuruhen. Sie könnten sich immerhin ausgeruht haben, wenn es nicht anders gewesen wäre. Aber Menschen scheint das ja manchmal peinlich zu sein und manche wollen es auch gar nicht so genau wissen. Deshalb hier so die offizielle Version, damit sich hinterher niemand beschweren kann. Wir Hunde sind auch hier wieder indiskreter. Aber nun ja, auch das ist ein anderes Thema. Und die meisten Leser werden vermutlich menschlich sein. Man muss die Menschen ja nicht immer verstehen...

Abschließend kann ich also über meine erste Erfahrung mit Karneval sagen, dass ich mein Herrchen seitdem absolut verstehen kann, wenn er sich so extrem euphorisch auf dieses Ereignis freut ... auch wenn er es natürlich trotzdem nicht so oft sagen müsste, da ich ja, wie bereits angedeutet, an und für sich nicht allzu vergesslich bin. Vor allem, wenn es um Karneval geht. Aber mittlerweile weiß ich ja, dass er das auch nicht deshalb macht, sondern dass es einfach Ausdruck seiner Freude ist, die ich seit dem wirklich voll und ganz teilen kann!

Vorhin habe ich bereits erwähnt, dass ich schon an diesem Tag selbst überlegt habe, ob es vielleicht der bis dahin schönste Tag in meinem Hundeleben gewesen sein könnte. Und je mehr ich darüber nachdenke, muss ich sagen: Ich glaube, das war er zu diesem Zeitpunkt wirklich. Ich hatte natürlich auch damals schon einige schöne Tage erlebt (vom ein oder anderen werde ich vielleicht bei Gelegenheit auch mal noch erzählen) und, wenn man ein Hund ist, dann ist eigentlich kein Tag so ganz schlecht (ausgenommen die, an denen man in die Hundeschule muss, aber diese eher unangenehme Zeit ist ja erst viel später gekommen und ich habe damals noch nicht mal etwas davon geahnt). Dafür haben wir ja insgesamt auch deutlich weniger Tage. Leider! Aber ich muss doch sagen: Es gibt keinen Tag aus dieser Zeit oder auch davor, der mir auch nur annähernd so klar im Gedächtnis geblieben ist. Bis heute! Dieser Tag hat scheinbar wirklich einen unheimlichen Eindruck bei mir hinterlassen, wie zu dieser Zeit kein anderer. Bis dahin war dieser Rosenmontag wohl also die Krönung meines Hundedaseins.

Mittlerweile sind einige Jahre vergangen, ich habe zahlreiche Feste und Feiern, darunter natürlich auch immer wieder Karneval in allen möglichen Formen und Variationen, erlebt und ich konnte noch viele Male eine wirklich gute Zeit haben. Ob mein erstes Karneval-Erlebnis wirklich über all diese schönen Tage und Momente hinausragt, das kann ich wirklich nicht sagen, aber was ich sagen kann, ist: Dieser Tag ist und bleibt nach wie vor ein ganz besonderes

Ereignis in meinem Leben und ist auch heute noch mit Sicherheit einer der schönsten Tage, die ich je erlebt habe. Ein Hoch auf mein Herrchen und Frauchen Eins, dass sie sich damals dazu entschieden haben, mich mit zu nehmen!

Ich blicke also freudig in die Zukunft und hoffe, dass noch viele weitere solcher schönen Tage folgen werden und auch die ‚gewöhnlichen' Tage mit meinem Herrchen weiterhin so angenehm bleiben werden und ich vor allem nie, nie wieder in diese dämliche Hundeschule muss. Aber da besteht zum Glück wenig Gefahr, denke ich. Ich bin also gespannt, was die nächsten Tage, Wochen, Monate und Jahre (um nochmal daran zu erinnern, dass ich genau weiß, was das alles ist) so bringen werden und ich werde dann auch gerne mal wieder davon erzählen. Also zumindest, falls es jemand wissen will. Wenn nicht … dann vermutlich auch. Ich bin jetzt gerade so schön auf den Geschmack gekommen.

Ein kleines Hunde-Nachwort:

So, das ist sie also, meine erste Geschichte. Ich weiß nicht sicher, ob ich der einzige Geschichten schreibende Hund bin. Vermutlich eher nicht. Aber ich kenne leider keine anderen Geschichten, deren Autor nachweislich ein Hund oder überhaupt irgend ein Vierbeiner ist. Wenn dieser Vierbeiner eine Katze wäre, dann wäre ich vermutlich auch etwas gekränkt. Nun ja, vielleicht gibt es ja auch irgendwo sympathischere Katzen, als die, die ich kenne.

Ich weiß auch nicht, ob die Geschichte dem ‚menschlichen Geschmack' oder zumindest dem Geschmack mancher Menschen entspricht, aber ich habe es eben mal probiert und die Dinge mal so beschrieben, wie ich sie erlebt habe.

Mir hat es auf jeden Fall Spaß gemacht und ich konnte diesen schönen Tag dadurch gedanklich noch einmal durchleben. Ich habe also fest vor, sowas in Zukunft nochmal zu machen!

Beim Schreiben ist mir aufgefallen, wie unwissend ich damals, verglichen mit heute, in Bezug auf das menschliche Leben, ihre Sprache und so weiter, doch gewesen bin. Mir ist aber auch aufgefallen, dass ich einiges, was ich eigentlich weiß, schon gar nicht mehr so auf dem Schirm gehabt habe und es mir erst während des Schreibens wieder eingefallen ist. Allein schon deswegen sollte ich das in Zukunft öfter machen.

Daran liegt es auch, dass ich am Anfang der Geschichte etwas unwissender wirke, als jetzt gegen Ende und in diesem Nachwort. Über vieles hatte ich einfach schon lange gar nicht mehr nachgedacht und dementsprechend gar nicht mehr so richtig im Kopf.

Jetzt hoffe ich aber, dass ich etwas ganz anderes noch richtig im Kopf habe. Nämlich, dass ich vorhin noch etwas Nassfutter in meinem Fressnapf (so nennen Menschen dieses Ding ja, glaube ich … reichlich ulkige Bezeichnung, finde ich) gelassen habe. Die Schreiberei macht nämlich hungrig!

Ich werde mal nachsehen.

Ralf Neubohn

Das große Geheimnis!

Die wahre Geschichte des Faschings

Im Jahre 1422 lebte der Flickenschneider Klam Auk im Örtle Eulen-spiegelchen. Nicht nur für seine Kunden nähte er die Kleidung aus vielen Stoffflicken zusammen, sondern auch für sich selber.

Das stellte für ihn einen Glücksfall dar, weil der übermäßige Genuss von Bier ihm eine gerade Naht zu schneiden unmöglich machte.

Durch den Alkoholgenuss kamen seine Finanzen schwer in Un-ordnung, so dass ein Umzug nötig wurde.

Auf dem Umzugswagen fahrend, hielt er vom Alkohol geprägte witzige Reden und warf den Zuschauern seine unbezahlten Rechnungen als Konfetti zu. Diese Sternstunde des Faschings setze Maßstäbe.

Der 1. Büttenredner der Welt

Dem Umzug von Herrn Klam Auk wohnten viele Bauern und Gutsbesitzer nicht bei, da sie gerade ihrer Arbeit nachgingen.

Wie schwer enttäuschte es sie, als von den witzigen Ereignissen des Umzuges überall gesprochen wurde. Was hatten sie alles verpasst!

Um den Kummer der Menschen zu mildern, stieg ein Zeuge des menschenbewegenden Tages auf ein Holzfass und gab die lustigsten Stellen von Klam Auks Reden wieder, sowie die witzigsten Pannen des Umzuges. Z.B. als der Wagen dem Bürgermeister über den Fuß fuhr und ein Zuschauer vor Lachen in ein Bierfass fiel. Seitdem gehörte zum Fasching auch immer Bier dazu.

Wohl bekomm's!

Das Alp-Traum Duo

Ludwig P. Lesi-Les und Berta Babbelbergle gehörten zu den anspruchsvollen Autoren mit viel Niveau. Was so viel hieß wie: Sie schrieben extrem trocken und langweilig. Gerade weil jeden Leser bei ihren Büchern ein großes Gähnen überkam, verkauften diese sich sehr gut. Denn je öder ein Buch ist, desto weniger eckt es an. Wo nichts passiert, wird auch niemanden auf die Zehen getreten.

Da Ludwig und Berta sich auch sonst sehr ähnelten, mochten sie sich gegenseitig nicht besonders.

Dennoch trafen sie zum großen Bedauern ihrer Umfelder öfters zusammen, was zu besonders langweiligen Abenden führte, bei denen oft die Zuhörer in ihren Stühlen einschliefen und kreuz und quer im Lesungssaal herumlagen.

Daher bekamen Berta und Ludwig aus Sicherheitsgründen in ihrer Heimatstadt lange Zeit Berufsverbot. Denn wenn Gäste im Stehen einschliefen, konnten sie sich beim Hinfallen schwer verletzen.

Zu Fasching umging Berta das Berufsverbot, in dem sie maskiert auf die Bühne ging.

So konnte sie endlich mal wieder ungestört vorlesen, dachte sie. Aber man denkt ja so vieles. Vielleicht hätte es sogar geklappt, wenn sie eine andere Maske genommen hätte. Aber mit der Maske eines besonders unbeliebten Mitmenschen sorgte sie für eine derartige Empörung, dass sie von den Besuchern mit Eiern und Tomaten beworfen wurde. Und dieser Hagel dauerte lange, da die Lesung an einem Markttag stattfand und die Gäste immer wieder schnell Nachschub holen konnten. Clevere Obst- und

Gemüseverkäufer schoben ihre Verkaufsstände sogar in den Saal. Arme Berta.

Versteckt im Publikum saß Ludwig und dachte: „Ist die blöd! Nicht mal eine gute Lesung kann sie im Gegensatz zu mir machen. Meine Zuhörer sind immer begeistert von mir!"

Der Redner

Viele Mitglieder eines Faschingsvereins beklagten sich sehr über das niedrige Niveau ihres bisherigen Redners. Daraufhin beschloss der Verein künftig einen Meister des Wortes zu nehmen, eine anerkannte Autorität.

In einem riesigen Festsaal wartete gespannt eine große Menschenmenge auf den neuen Festredner. Dieser erschien voller Elan und begann seine äußerst gebildete, trockene Rede. Im Saal lauschte alles so gebannt, dass nicht das geringste Geräusch ertönte.

Nach der Rede gab es statt eines flotten Tuschs vom Orchester nur ein schlaffes „schnarch, schnarch!"

Doch das spielte keine Rolle, denn auch das Publikum schlief tief und fest. Keine Wunder, denn der Redner hieß Ludwig P. Lesi-Les. Der Meister der trockenen Worte. Gähn!

Die Regatten

In frühen Jahren gab es in Waiblingen zweimal im Jahr eine große Regatta auf der Rems und auf dem Kätzenbach.

Am 1. Januar fuhren dort Boote, welche wie bei Faschingsumzügen mit Motiven versehen waren. Diese stellten die kommenden politischen und gesellschaftlichen Ereignisse des neuen Jahres dar. Also eine Art Vorschau auf die nächsten Monate.

Am Fasching hingegen bezog sich die Regatta auf einen Rückblick auf das vergangene Jahr.

Beide Regatten starteten beim Südmeer Waiblingens, dem See beim Hallenbad und führten die ganze Rems hinauf bis zum Remsursprung.

Alle Zuschauer konnten dabei das originellste Schiff des Jahres wählen. Ob diese Flugzeugträger mit tanzenden Mädchen darstellten, Windjammer oder anderes, alles stand zu Wahl.

Im letzten Jahr der Regatta wählten alle Besucher dasselbe Schiff. Kein Wunder, denn die Gestaltung musste sehr langwierig und schwierig gewesen sein. Dazu sah es verblüffend echt aus. Vor Erstaunen blieb den Zuschauern der Mund offen, als eine drachen-ähnliche Seeschlange an ihnen vorbei schwamm. Sollte es das Ungeheuer von Loch Ness darstellen? Genauso stellte es sich jeder vor. Beeindruckend!

Plötzlich begannen alle anderen Teilnehmer und Zuschauer panisch zu fliehen, als sich herausstellte: Das Ding im Fluss sah nicht wie ein Meerungeheuer aus, es war eines!

Als Letzter konnte Ludwig P. Lesi-Les das rettende Ufer erreichen, der auf einem schwimmenden Buch teilnahm.

Seit damals gab es keine Regatten zu Neujahr und Fasching mehr. Schade, jetzt musste sich das arme Meerungeheuer langweilen, weil es keine Regatten mehr gab. Wer weiß? Vielleicht ist das arme Ding inzwischen sogar vor Langeweile gestorben! Oder gar verhungert, weil keine kleinen Imbisse mehr vorbeischwammen. Oh, wie traurig!

Das beste Kostüm der Autorenparty

Bei einer großen Party sollte sich jeder besonders originell verkleiden. Dem besten Kostüm winkte ein Siegespreis von 2000 Euro!

Lange überlegten sich die Teilnehmer ihre Verkleidungen.

Wer würde wohl gewinnen?

Ralf Neubohn verkleidete sich als Weihnachtsmann. Da er aber immer so rumlief, fiel niemand ein Unterschied zu sonst auf.

Berta Babbelbergle verkleidete sich als Kugelschreiber eines Lektors mit besonders strengem Angesicht. Sie erreichte damit ganz locker den 2. Platz.

Der Autor Ludwig P. Lesi-Les erschien als eines seiner Bücher verkleidet. Dieses sah so echt und langweilig aus, dass schon allein vom Anblick die Jury einschlief.

Leider konnte Ludwig nicht den Gewinn einstreichen, weil er die Jury nicht mehr wach bekam. Sein Kostüm wirkte offensichtlich zu echt.

Das Wettrennen

Jonathan, Ruben und Raphael gingen mit ihrem Opa zu einem großen Dorffest. Sie freuten sich schon sehr, es würde bestimmt sehr lustig dort sein.

Leider passte der Name ihres Opas sehr zu seiner Gehweise: Ralphus Rheumaticuslinchen. Seine Gehweise ähnelte eher einer Gähnweise.

Selbst das alte und schon seit Jahren lahme Alpaka vor ihnen lief wesentlich flotter! So kamen sie nie rechtzeitig an! Was konnten die drei bloß unternehmen, um schneller voranzukommen?

Plötzlich erklang ein Aufschrei und Ralphus Rheumaticuslinchen sauste förmlich davon. Wie kam das bloß zu Stande?

Weihnachtsmann, Osterhase und Ludwig P. Lesi-Les veranstalteten an diesem Tag ein Wettrennen. Der Weihnachtsmann in seinem Schlitten, der Osterhase auf einer riesigen, fliegenden Möhre und Ludwig auf seinem fliegenden Buch.

Um nicht vom Radar der Bundeswehr erfasst zu werden, flogen sie knapp über der Erde und bei einem Überholmanöver endete Ralphus unfreiwillig als eine Art Kühlerfigur der Riesenmöhre.

Da die Wettrennenden das Fest als Ziel anpeilten, erschien dort Ralphus weit vor seinen Enkeln und sagte später belehrend: „Ja, mit der Jugend ist nichts mehr los. Wärt Ihr so sportlich wie ich..."

Seltsames Ereignis

Ludwig feierte stets mit seinen Teddys und Katzen zusammen Silvester und Fasching. Im Fernsehen liefen die Feierlichkeiten, während sie alle zusammen schlemmten.

Eines Tages stutzte Ludwig, als höchst Merkwürdiges geschah!

Ein geradezu geheimnisvolles Ereignis! Die Teddys tranken aus den Katzenschälchen Milch, die Katzen schlemmten die Honigkekse der Teddys! Wie konnte das nur möglich sein? Hatte Ludwig zu viel getrunken und bildete es sich nur ein? Nein, es passierte wirklich! Einfach unglaublich! Ratlos starrte er seine liebsten Gefährten an, als er die Wahrheit erkannte! Für das heutige Fest steckten die Teddys in Katzenkostümen und die Katzen in Bärenkostümen. Oh, diese kleinen, geliebten Racker!

Die literarische Faschingsparty

Berta Babbelbergles Cousine hieß Beate Babbelzwergle. Dieser Name passte sehr gut zu ihr, weil sie viel weniger sprach und schrieb als Berta. Was allerdings nicht viel bedeutete. Denn ruhiger konnte sie nur im Vergleich zu Berta genannt werden. Jeder andere der nur Beate Babbelzwergle kannte, machte um ihren ungeheuren Redewasserfall einen großen Bogen.

Eines Tages lernte sie die Schwester von Ludwig. P. Lesi-Les kennen. Luise P. Lesi-Les wurde nach ihren Vornamen entweder Lu oder Purzi gerufen. Als Schwäbin bestand sie aber ihren korrekten Vornamen: Luise Purzile.

Bei einer literarischen Faschingsparty lernten sich die beiden Damen kennen. Mit großen Sicherheitsabstand umstanden sie die anderen Autoren und schlossen Wetten ab, wie das Gespräch der beiden enden würde. Ertrank Luise in einem Redeschwall von Beate oder strahlte diese so viel Langweile wie ihre Bücher aus und Beate schlief ein? Ein spannendes Duell.

Es endete nach acht Stunden unentschieden. Luise bekam vom Dauergefasel Beates einen Hörsturz, während diese wegen der Langweiligkeit Luises fest einschlief.

Doch dieses Duell besaß einen riesigen Vorteil: Die anderen Gäste konnten ausnahmsweise das Fest ungestört genießen.

Der Faschingsumzug

Die beiden Autoren Terry und Lothar schauten dem Faschingsumzug zu. Als einer der Verkleideten ausversehen einen anderen Maskenträger mit einigen Süßigkeiten bewarf, lachte Terry laut auf. Lothar blieb ernst. Terry sagte: „So wie Du aussiehst, hast Du tatsächlich an Silvester zum Schreiben aufgehört. Warum eigentlich?" Lothar antwortete: „Ach, ich habe so gern geschrieben, meine Bücher haben sich auch gut verkauft. Aber ich habe nie Feedback von Bekannten und Verwandten bekommen. Alle reden immer nur über ihre Jobs und ihre Hobbys. Aber über mein Schreiben will überhaupt niemand etwas wissen. Man arbeitet also in die leere Wüste hinein, ohne jeden Widerhall, ohne jedes Echo. Aber jeder Autor kann auf Dauer nicht ohne das geringste Echo, ohne das geringste Interesse seines Umfeldes arbeiten."

Terry nickte ernst, ohne zu lächeln, als im Umzug versehentlich zwei Mädchen aufeinanderprallten und stürzten. Er meinte bloß: „Aber Dir ging es noch besser als mir und vielen andern Autoren. Wir bekommen von niemanden Feedback und auch keinerlei Ermunterung. Von unseren Bekannten und Verwandten kauft noch nicht einmal jemand in den Buchhandlungen oder im Internet unsere preisgünstigen Bücher, um diese dann weiter zu verschenken. Sie verschenken lieber an Geburtstagen, Weihnachten, Ostern, die übliche Flasche Wein und die übliche Schachtel Pralinen, statt uns Autoren durch den Kauf unserer Bücher zu unterstützen. Sie könnten uns dadurch so leicht helfen bekannter zu werden."

Lothar schüttelte traurig den Kopf: „Die Leute, die wir kennen, empfehlen nicht mal unsere Bücher weiter. Sie interessieren niemanden aus unserem Umfeld. Wir sind nur dazu da, um ihre endlosen Reden über deren eigene Hobbys zu hören."

Eine verkleidete Frau kitzelte Terry mit einer langen Feder am Kinn. Er biss darauf und schluckte sie. Alle Faschingsbesucher um sie herum lachten laut darüber, während die beiden Autoren tief traurig heimgingen.

Ob Terry wohl bald Lothar folgte und nicht mehr schrieb? Einerseits schrieb er gern, andererseits interessierte sein Schreiben niemand aus seinem Umfeld. Niemand sprach mit ihm über seine Bücher, niemand empfahl sie weiter oder verschenkte sie gar zu Geburtstagen, Ostern oder Weihnachten. Nein, eigentlich sollte Terry wirklich aufhören seine schönen Bücher zu schreiben, da sie ja niemanden aus seinem Umfeld auch nur im geringsten interessierten. Wozu sich also so viel Arbeit machen?

Die Verspätung

Jonathan, Ruben und Raphael liefen eilig durch ihr Dorf, um nicht zu spät zur Faschingsfeier zu kommen. Leider standen die Chancen nicht gut, es lag noch eine weite Strecke vor ihnen. „Wir schaffen es nicht!", rief Jonathan aus. Doch Ruben zeigte aufgeregt nach vorne. Jonathan wunderte sich darüber und schaute angestrengt die Straße entlang. Tatsächlich! Vor dem Bauernhof, wo es Alpakas gab, stand eines rastend auf der Straße. „Vermutlich ausgebüxt", meinte Raphael. Leise schlichen sich die drei zu dem Tier, sprangen auf und ritten auf ihm zur Faschingsfeier. Diese erreichten sie doch noch pünktlich, obwohl das Alpaka sich als besonders störrisch erwies. Beim Fest angekommen rief ein Reporter: „Aber das ist doch kein Alpaka, das ist doch Ralf Neubohn!" Die drei sahen das zottlige Ding genauer an und überlegten angestrengt: Sah so Ralf Neubohn aus, wenn seine Haare nicht so lang wie sonst waren? Oder ähnelte einfach das Alpaka Ralf Neubohn? Dieses Rätsel konnte nie gelöst werden, weil der Zottel in die Wälder floh. Das Ganze blieb eines der zahlreichen Geheimnisse des Lebens.

Doppelgänger

Jonathan, Ruben und Raphael kehrten vom Faschingsfest heim, als ihnen auf der Straße ein Alpaka begegnete. Oder war es doch schon wieder Ralf Neubohn?

Ratlos flüsterten sie untereinander, wer es wohl sei? Ralf Neubohn wegen der lahmen Gangart? Ein Alpaka, weil es pausenlos irgendetwas kaute? Wie sollten die drei ihren Gegenüber ansprechen? Wie sich verhalten? Das Alpaka dachte tief beleidigt: „Mich mit diesem Ralf Neubohn zu verwechseln! Welch eine Beleidigung! So alt, gebrechlich und zahnlos bin ich doch nicht! Ich sollte die drei eigentlich zur Strafe beißen, damit sie sehen, dass ich nicht wie Ralf Neubohn zahnlos bin!"

Das Alpaka stolzierte an den drei Ratlosen zutiefst beleidigt vorbei. Diese merkten nun, dass es nicht Ralf Neubohn sein konnte, weil dieser ständig undeutlich vor sich hin murmelte. Ein gutes Erkennungsmerkmal, das sie sich merken sollten.

Die furchtbare Wahrheit über Halloween

Zu Beginn der Französischen Revolution wurde die Erde in vielen Ländern von Blut getränkt. Dieser kraftvolle Dünger lief tief herab in die Erde, in welcher die Gebeine von schlechten Autoren, vergessenen Humoristen und Pseudo-Künstlern ohnehin unruhig ruhten. Der belebende rote Saft brachte wieder Farbe in die fahlen Wangen, und sie stiegen aus den Gräbern und versuchten ein zweites Mal Karriere zu machen.

Die großen, echten Künstler ruhten weiter, denn sie hatten ihre kulturelle Pflicht schon getan. Nur die gescheiterten lauerten nun an Halloween einsamen Wanderern auf, um diesen ihre wertlosen Gedichte vorzulesen oder besonders witzlose Witze zu erzählen.

Diese unbeschreiblichen kulturellen Schrecken lösten in der Bevölkerung eine große Hysterie aus. Beim Beschreiben des unsäglichen Grauens versagte die Sprachkraft der Opfer. Sie konnten einfach die faden Witze und Gedichte der Toten nicht beschreiben, sondern sprachen nur von den Toten die Umgehen, von Teufeln und Hexen. Denn nur so vermochten ihre Gesprächspartner ihnen geistig zu folgen. Hätten die Opfer von verteufelt schlechten Witzen gesprochen, den verhexten Hexametern oder von gespenstisch fahlen Romanen, niemand hätte die entsetzlichen Schrecken nachempfinden können.

Hüten Sie sich also vor Halloween, an dem das kulturelle Grauen umgeht!

Die grausige Halloweenparty

Die Autoren Terry, Ludwig, und Berta lasen Ralf Neubohns: „Auf der Suche nach dem verlorenen Osterei", während der Party.

Berta fragte verärgert: „Woher kennt er bloß unsere ganz besonders geheimen Erlebnisse? Es ist einfach unfassbar!"

Ludwig maulte: „Das auch! Aber wie kommt Neubohn dazu zu schreiben, dass harmlose Bürger mit einer Halloweenmaske mit meinem Gesicht geschockt werden? Masken erschrecken sowieso niemanden mehr. Die Leute sind so abgehärtet, dass sie nicht mehr erschreckt werden können."

Plötzlich flohen an ihm vorbei Terry und Berta kreischend aus dem Zimmer. Erstaunt drehte er sich um und sah … einen Lektor und einen Kritiker nahen. Welch unfassbarer Schock! Panisch schreiend floh auch Ludwig von der Party.

Ralf und Carmen Neubohn nahmen die Masken zufrieden lächelnd ab und begaben sich froh ans Halloweenbüffet, welches sie nun nicht mehr mit den anderen teilen mussten.

Na, dann frohes Halloween!

Spuk

Eine sehr alte Hexe hielt einmal ein kleines Schläfchen von ein paar Jahrzehnten. Als sie danach mit neuen Kräften erwachte, beschloss sie auf ihrem Besen einen kleinen Rundflug zu machen. Vielleicht ergab sich ja eine Möglichkeit, die Menschen in Angst und Schrecken zu versetzen. Dieser Gedanke besserte Ihre Laune gleich merklich!

Doch es kam anders als gedacht. Überall auf den Straßen waren Hexen, Geister und böse Zauberer unterwegs! Hatte die Hölle ihre Pforten geöffnet? Wie dem auch sei, bei so viel Konkurrenz an Bösem, das durch die Straßen schlich, brauchte sie nicht auch noch unterwegs sein. Zufrieden flog die Hexe an diesem 31. Oktober nach Hause und machte ein kleines Schläfchen zur Kräftigung.

Der magische Ritt

Ralf Neubohn liebte es, gemütlich von einem Ort zum anderen zu kommen. Deshalb kaufte er sich ein Alpaka und ritt damit zu seinen Lesungen. Das hätte auch problemlos klappen können. Doch leider zeigte sein mobiles Navigationsgerät meist Autobahnen oder Bundesstraßen als Routen an.

Da Neubohn bekanntlich sehr alt aussah, einen langen Bart hatte, stets Bademantel und Schlafmütze trug, kam es zu den wildesten Missverständnissen.

So kamen im Radion Warnmeldungen, dass eine Art Cowboy Desperado auf den Landstraßen ritt oder ein Zauberer wurde auf einem Einhorn gesichtet, was auf diversen Autobahnen wegen begeisterten Gaffern zu Chaos führte.

Als er ahnungslos während des Faschings und Halloweens durch die Gegend ritt, bekam Neubohn Siegespreise fürs beste Zaubererkostüm.

Eines Tages raste an ihm der Osterhase auf einem Alpaka mit einem lauten „Yippi!" vorbei. „Aha", dachte Neubohn. „So schafft er es also am Ostermorgen so viele Eier unters Volk zu bringen. Wie ein Cowboy dahinrasend und dabei die Eier vom Alpaka aus in die Gebüsche werfend. Raffiniert!"

Die Verkleidung

An Halloween klingelte Petrulia Pampemüslein als Vampir verkleidet bei den Menschen ihrer Stadt und piepste atemlos: „Zahlen oder Qualen."

Doch die Leute lachten nur und schmissen ihr vor der Nase die Tür zu. Offensichtlich fürchtete sich niemand vor ihr. Vor Ärger begann ihr Pampelmusengesicht unter der Maske Zitronengelb zu werden. Was sollte sie bloß tun? Sogar die anderen Kinder auf der Straße lachten sie aus! So ging es nicht weiter! Da kam ihr die rettende Idee! Ihre Tante Berta hatte mal zu Ostern eine total grausige Maske geschenkt bekommen, die jedem blankes Entsetzen einflößte. Schnell lief Petrulia zu ihr und lieh sich die fürchterliche Maske. Schon als sie bei ihrem ersten neuen Opfer klingelte und sprach: „Zahlen oder Gedichte vorlesen!", wurde sie förmlich mit Nascherein überschüttet. Kein Wunder, die Maske von Ludwig P. Lesi-Les erschreckte selbst Hartgesottene. Und dazu noch die furchtbare Drohung, Texte von ihm vorgelesen zu bekommen! Da kaufte sich jeder lieber von dem harten Schicksal frei.

Marketingtricks

Marketing ist für alle Berufe wichtig, auch für Autoren. Viele Autoren überlegten sich, wie es wohl zu schaffen sei, noch mehr als Ralf Neubohn gelesen zu werden.

Unter normalen Umständen bestand keine Möglichkeit ihn zu überholen. Doch in einer magischen Nacht sollte der Versuch gestartet werden, die Leserkreise der anderen zu erhöhen. An Halloween konnte es vielleicht gelingen.

Terry stieg auf einen hohen Turm seiner Stadt und las von dort aus seinem Buch vor. Anschließend bewarf er das unter dem Wehrturm tobende Volk damit. Es gab anschließend Szenen, die an eine mittelalterliche Burgerstürmung erinnerten.

Berta Babbelbergle saß in ihrem Stammcafé mit einer magischen Kristallkugel und hypnotisierte damit viele Bürger, ihre Bücher zu kaufen.

Ludwig P. Lesi-Les flog auf seinem magischen Buch als Zauberer verkleidet über der Stadt und ließ seine Bücher auf die Menschen herabprasseln.

Alle drei waren sich durch ihre Werbung an Halloween sicher, Neubohn überholt zu haben. Doch Ende des Jahres führte Neubohn noch immer deutlich. Kein Wunder! An Fasching mietete er sich einen Faschingsumzugswagen, mit dem er alle Faschingshochburgen bereiste. Bei den Faschingsumzügen warf er dann statt Süßigkeiten seine Bücher „Neubohns Krimihäppchen", „Auf der Suche nach dem verlorenen Osterei" und andere unter das begeisterte Volk. So blieb er der König der Autoren und Faschingsprinz noch nebenbei.

Das Spiegelbild

Ralf Neubohn lief während Halloween durch die Straßen. Panisch flohen alle Kinder schreiend: „Ein Skelett! Ein schrecklicher Geist!"

Neubohn ärgerte sich sehr. So fahl, kahl und hager wie ein Skelett war er nicht! Doch je mehr Kinder vor ihm flohen, desto stärker wurden die Selbstzweifel. Da lag vor ihm ein See im Mondlicht, die Chance sich darin zu spiegeln. Neugierig schaute er ins Wasser. Vor Schreck floh nun auch Neubohn kreischend! Er sah ja noch schlimmer aus, als die Kinder behaupteten! Ganz kahl und hager! Schnell Naschen bei Leuten erbeuten, um wieder zu Kräften zu kommen!

Im Wasser ruhte sich währenddessen das geschorene Alpaka weiter aus, bevor Berta weiter auf ihm ritt.

Adventskuchen

Berta Babbelbergle eilte im Kerzenschein in ihrer Küche hin und her. Trotz Stromausfalls bereitete sie einen Kuchen für ihre Besucher zum Nikolaus vor.

Im flackernden Kerzenlicht schritt der Kuchen gut voran. Ein nettes Autorenkaffeekränzen lag morgen vor ihr, auf welches sie sich sehr freute.

Nach einer Weile ging der Strom auch wieder und sie konnte den Kuchen in den Ofen schieben.

Am nächsten Tag erschienen ihre Autorenkollegen zur Kaffeezeit und langten kräftig zu. Ungefähr gleichzeitig blickten alle drei auf ihre Kuchenteller. Der Kuchen schmeckte so merkwürdig! Berta stocherte mit der Gabel darin rum und entdeckte dort eine merkwürdige Masse. Komisch, sie hatte doch keine Füllung in den Kuchen getan? Was konnte das bloß sein? Es schmeckte irgendwie so nach Wachs.

Plötzlich ging ihr ein Kerzenlicht auf: Vermutlich geriet beim Kuchenbacken eine Kerze mit rein. Oh, weh!

Die Stiefel des Grauens

Zuversichtlich stellte Ludwig seine Stiefel vor die Tür. Was der Nikolaus ihm wohl reintun würde? Welche Leckereien erwarteten ihn morgen früh?

Nachts standen der Nikolaus und Knecht Ruprecht Nase rümpfend vor den Stiefeln.

Der Nikolaus meinte: „Was für ein schrecklicher Gestank! Ob da wohl eine tote Ratte drin liegt?"

Knecht Ruprecht schlug vorsichtshalber mit seiner Rute auf die Stiefel. Nichts passierte. Außer einer noch größeren Geruchswelle.

„Einfach widerlich!", schimpfte Knecht Ruprecht.

„Gehört bestimmt einem dieser langhaarigen Autoren, die ich gleich mit der Rute verprügeln sollte!"

Stunden später roch eine Maus die Naschereien und krabbelte zu diesen in die Stiefel. Vor Gestank wurde die arme Maus ohnmächtig und blieb im Stiefel liegen. Während all dieser Ereignisse schlief Ludwig den Schlaf der Ungerechten, träumte von den leckeren Naschereien des Nikolauses.

Morgens schlüpfte er mit seinen käsigen Schweißfüßen in seine Pantoffeln und holte seine müffligen Stiefel rein.

„Seltsam", dachte er. „Die riechen heute noch mehr als sonst. Hatte der Nikolaus vielleicht Knoblauchkekse im Stiefel versteckt?"

Nein, stattdessen fand er die ohnmächtige Maus. „Aha!", rief Ludwig empört. „Die ist also am Gestank schuld!"

Und warf die arme Maus angeekelt vor die Tür.

Merke: Schuld sind an allem immer nur die anderen!

Die Wahrheit über Alpakas

Der Autor Ralphus Rheumaticuslinchen sprach zu seinen drei Enkeln: „Denkt daran: Alpakas sind gefährliche Tiere!"

Jonathan fragte: „Aber Opa! Warum sollen sie denn gefährlich sein? Wir spielen doch immer mit ihnen und es ist noch nie was passiert!"

Ralphus erklärte belehrend: „Schon im Mittelalter gab es bei uns Alpakas. Damals besaßen sie noch grünes Fell und wurden Drachen genannt. Im alten Ägypten hatten sie Flügel und hießen Sphinx. Zur Erinnerung daran gibt es dort sogar noch heute Bauwerke."

Ruben erwiderte skeptisch: „Opa! Alpakas können doch nicht fliegen. Das weiß jeder!"

Doch Ralphus beharrte darauf und schlurfte humpelnd nach Hause.

Plötzlich hörten seine drei Enkel Glockengeläut und der Nikolaus flog mit seinem von schönen Alpakas gezogenen Schlitten zu ihren Schornstein. Sein enormes Tempo betrug dabei sechs AS, also sechs Alpakastärken.

Raphael flüsterte erschüttert: „Opa hatte Recht. Alpakas können wirklich fliegen! Ob das mit den Drachen und Sphinxen vielleicht auch stimmt?"

Der beste Freund des Nikolaus

Viele Menschen fragten sich: Wie heißt wohl der beste Freund des Nikolauses? Knecht Ruprecht? Weihnachtsmann? Osterhase? Vielleicht mochte er auch seinen Hund am liebsten?

Ja, es gab viele realistische Möglichkeiten, auf die wirkliche Lösung zu kommen, besaß daher viele Schwierigkeiten. Daher heute nun die Lösung des großen Rätsels! Der beste Freund des Nikolauses hieß Rudolflinchen. Das Alpaka mit dem roten Stupsnäschen. Zusammen suchten sie zu Ostern die Ostereier, zu Weihnachten warteten sie gemeinsam voller Aufregung auf dem Weihnachtsmann.

Als Leittier zog Rudolflinchen den von Alpakas gezogenen Schlitten des Nikolauses.

Auch sonst unternahmen sie viel gemeinsam. So gingen die beiden gerne zusammen ins Freibad oder in den Südseeurlaub.

Doch bei einer Sache, einer sehr wichtigen Angelegenheit, lag ihre Meinung weit auseinander. Da lagen Welten zwischen ihnen. Der Nikolaus liebte abends Kakao und Schokokekse. Rudolflinchen fand Kakao und Honigkekse viel besser. Welch ein Unterschied zwischen zwei Freunden!

Dick?

Als eines Jahres der Nikolaus in den Schlitten stieg, ächzten die armen Alpakas empört: „Du wirst zu dick! Wir bekommen den Schlitten kaum noch in die Luft!"

Der Nikolaus verbat sich das: „Ich werde nicht dick! Der Schlitten ist nur so schwer, weil in den Packungen der Süßigkeiten mehr Füllmaterial als früher ist!"

Als vor ihnen das erste Haus auftauchte, rutschte der Nikolaus mit einem lauten „Hui" in den Schornstein. Elanvoll sauste er herab und … blieb mitten im Kamin stecken! „Die Schornsteine werden auch immer schmaler", dachte er verärgert.

Die Alpakas sahen seine Notlage und handelten sofort. Alpakas sind reaktionsschnelle Tiere. Sie kicherten: „Hi, hi, Du wirst also nicht zu dick, was? Aber um Dich zu unterhalten, lesen wir Dir aus einem Buch von Berta Babbelbergle vor, dass wir in einem Komposthaufen fanden."

Vor Schreck machte der Nikolaus einen Satz und sauste aus dem Kamin, wie ein Korken aus der Sektflasche. Der Schock, um ein Haar Bertas Texte hören zu müssen, ließ ihn noch lange zittern.

Folgenreich

Der Nikolaus summte freudig vor sich hin. Heute ging es wieder auf die jährliche Tour! Eine ideale Arbeit für ihn! Mit dem Schlitten durch die Luft sausen und Kindern schöne Geschenke bringen! Was konnte es Besseres geben?

Noch voller Vorfreude grinsend, öffnete er die Stalltür. Doch statt elanvolle Alpakas zu sehen, die sich auf Bewegung freuten, sah er nur völlig schlaff rumliegende Tiere. Hatten sie vorher zu lange gefeiert? Waren die Alpakas gar betrunken? Oder noch viel schlimmer: Erlagen sie einer üblen Krankheit? Tief erschrocken versuchte der Nikolaus alles, um die armen Tiere munter zu machen.

Da sah er zwischen ihnen eines der Bücher von Berta Babbelbergle liegen. „Aha", dachte er. „Sie sind beim Lesen vor Langeweile eingeschlafen. Selber schuld! Ich habe stets vor diesen öden Büchern gewarnt!"

Endlich konnte der Nikolaus mit den schlaftrunkenen Alpakas starten. Während sie torkelnd über die Himmelsautobahn flogen, dachte er: „Hoffentlich kommt uns kein Polizeihubschrauber oder UFO entgegen. Das kostet mich sonst den Führerschein! Denn diese schwankenden Tiere wirken, als ob sie besoffen wären!"

Begegnung

Hoch am Himmel trafen sich zufällig der Nikolaus mit seinem Schlitten und der Osterhase auf seiner fliegenden Möhre.

Der Osterhase sagte vorwurfsvoll: „Was? Du fliegst bequem in einem Schlitten? Ich dachte, Du gehst zu Fuß mit einem Sack voller Geschenke zu den Kindern?"

Der Nikolaus erwiderte entsetzt: „Zu Fuß? In meinem Alter? Und einen Sack tragen? Bei meinem Rheuma? Davon abgesehen: Was ist mit Dir? Osterhasen hoppeln doch mit den Ostereiern durch die Gärten?"

Schockiert rief der Osterhase: „So viel rumhoppeln? Mit meinen zarten Pfötchen? Das kann ich nicht!"

Beide heuchelten Verständnis für den jeweils anderen und flogen weiter. Dabei dachten beide: „So ein fauler Sack! Etwas Bewegung würde ihm guttun! Außer mir selber weiß einfach niemand mehr, was wirklich Arbeiten heißt!"

Rätselhaft

Müde, mit Muskelkater stand der Nikolaus vor dem Abreiß-kalender. Vor seinen Augen prangte eine Fünf. Heute Nacht ging es also zur jährlichen Nikolaustour los. Warum war er bloß so schlapp, fühlte sich überarbeitet? Hatte er es nur geträumt, dass schon gestern die Tour stattfand?

Zweifelnd und erschöpft ging es später mit den Alpakas zur jährlichen Rundreise. Auch seine Tiere wirkten überarbeitet. Woran konnte das liegen? Wintermüdigkeit?

Nach der Arbeit riss er die Zahl Fünf von seinem Kalender ab und wollte erschöpft ins Bett gehen. Da sah er sich das Kalenderblatt doch noch genauer an und murmelte: „Ihr kleinen Gauner! Euch werde ich es zeigen!"

Zusammen mit Knecht Ruprecht und den Alpakas versteckte der Nikolaus sich in der Wohnung, um die Übeltäter zu erwischen. Nach einer Weile schlichen Ludwig P. Lesi-Les, Terry und Berta Babbelbergle herein, nahmen die Fünf aus dem Papierkorb und klebten das Kalenderblatt wieder an. „Morgen bekommen wir wieder Geschenke! Das war eine super Idee von uns!"

Plötzlich verging ihnen das Lachen, als sie von den Alpakas gebissen und von Knecht Ruprecht versohlt wurden.

Merke: Alles hat seinen Preis!

Die Verspätung

In diesem Jahr hatte es der Nikolaus besonders schwer. Unterwegs brach eine Schlittenkufe, zwei Alpakas litten unter einer Art Mauser und der Fahrtwind wehte ihm ihre gelösten Haare laufend in sein Gesicht.

Zu allem Elend verfuhren sie sich auch noch in mehreren Neubaugebieten. Dies alles kostete Zeit, viel Zeit.

Der Nikolaus dachte dabei oft daran, wie sich bestimmt seine Nikofrau über die Verspätung ängstigte.

Leider vergaß er, vor seiner Reise das Handy aufzuladen, so konnte kein Beruhigungsanruf von ihm erfolgen. Vermutlich verging die Nikofrau inzwischen schon vor Sorgen! Die Arme!

Verbissen und eilig wurden die letzten Geschenke verteilt und es ging so schnell über die Himmelsautobahn nach Hause, dass mehrere Radarfallen ihn blitzten. Doch das interessierte den Nikolaus nicht. Nur rasch nach Hause kommen!

Daheim eilte er zum Wohnzimmer, um seine Frau zu beruhigen. Doch die Nikofrau saß mit ihren Freundinnen gemütlich bei Kaffee und Kuchen und sagte gerade zu diesen: „Nichts geht über einen gemütlichen Mädelsabend! Ein Glück, dass mein Mann sich heute wieder in der Gegend rumtreibt!"

Berta, Ludwig & Co

Für Leser die wissen wollen, was Berta und Ludwig sonst so alles erlebt und erlitten haben, sei auf „Weihnachten mit dem literarischen Kleeblatt", „Auf der Suche nach dem verlorenen Osterei", „Weihnachten und Silvester mit Flammenfeder", „Vorhang auf für Nikolaus, Weihnachten und Ferien", „Bühne frei für Fasching und Halloween" und „Gartenschau Magie" hingewiesen.

Ihr 1. Abenteuer erschien in: „Die Gartenschau im Rampenlicht." Es war sehr aufregend!

Ralf Neubohns Abenteuer als Autor sind u.a. in: „Im Tal der Autoren", „Alle Autoren an Bord", „Die zauberhaften Altbohns", „Erinnerungen eines vergesslichen Analphabeten" usw.

Da viele Leser immer wieder nach einer Übersicht meiner lieferbaren Werke fragen, hier nun ein Teil der über den Buchhandel erhältlichen Titel. Alle kann ich hier nicht auflisten, weil es einfach zu viel ist, was es an Büchern von mir als Autor und Herausgeber gibt.

Gedichte

„Hier und Jetzt"

„Lyrik – muß das sein?"

„Frisch gewagt"

Gedichte und Kurzgeschichten

„Die zauberhaften Altbohns"

Bücher mit schwarzen Humor Gedichten

„Abra Makabra Schlimmsalabim"

„Die Gartenschau-Morde"

„Tod auf dem Kaktus"

„Neues vom 1. April"

Kurzkrimis

„Abschied ist nicht nur ein bisschen wie Sterben"

„Mörderisch gut"

„Kriminelle Energie"

„Neubohns Krimihäppchen"

Gartenschau Trilogie

„Flammenfeder live von der Gartenschau"

„Gartenschau Phantasie"

„Herzlich willkommen Gartenschau"

„Galaabend für die Gartenschau"

„Abschiedsvorstellung für die Gartenschau"

„Die Gartenschau-Morde"

„Tod auf dem Kaktus"

„Neues vom 1. April"

„Gartenschau Magie"

„Die Gartenschau im Rampenlicht"

Heiteres aus dem Autorenleben

„Im Tal der Autoren"

„Alle Autoren an Bord"

„Terry ein Schotte in Schwaben"

„Erinnerungen eines vergesslichen Analphabeten"

„Die zauberhaften Altbohns"

Sciende Fiction/ Fantasy

„Sam Space"

Jahresfeste

„Weihnachten mit dem literarischen Kleeblatt"

„Auf der Suche nach dem verlorenen Osterei"

„Weihnachten und Silvester mit Flammenfeder"

„Vorhang auf für Nikolaus, Weihnachten und Ferien"

„Bühne frei für Fasching und Halloween"

Weitere Bücher von mir liste ich in einem der nächsten Bücher von mir auf, sonst wird es heute ein bisschen zu viel.

Ich möchte noch darauf hinweisen, dass Bücher bei einigen Verlagen nicht unbegrenzte Zeit lieferbar sind. Wenn Bücher bereits lange auf dem Markt sind bzw. wenn es von diesen schon mehrere Auflagen gab, werden dann oft keine Auflagen davon mehr gedruckt.

Diese Bücher sind dann also irgendwann nicht mehr lieferbar. Daher kann ich nur dringend empfehlen, Bücher die Sie interessieren, rechtzeitig über Ihre Buchhandlung zu bestellen.

Bereits schon jetzt gibt es sehr viele Bücher von mir nicht mehr, die ich deshalb hier erst gar nicht aufgelistet habe.

Auch viele Bücher in denen wunderbare Texte von Carmen Neubohn sind, gibt es nicht mehr. Derzeit noch lieferbar:

„Die zauberhaften Altbohns"

„Frisch gewagt"

„Gartenschau Magie"

„Weihnachten mit dem literarischen Kleeblatt"

„Herzlich willkommen Gartenschau"

„Weihnachten und Silvester mit Flammenfeder"

Über den Autor Nicolas Lange

Nicolas kenne ich schon sehr lange und schätze seine anspruchsvollen Texte sehr. Bereits seine erste Geschichte sprach seinerzeit die Leser sehr an. Sie ist in „Vorhang auf für Nikolaus, Weihnachten und Ferien" veröffentlicht.

Auch seine neuen Geschichten, die nach und nach erscheinen werden, sind äußerst vielversprechend. Sie haben stets sowas ganz Besonderes, Einzigartiges an sich.

Derzeit lieferbare Bücher mit Texten von Nicolas Lange:

„Vorhang auf für Nikolaus, Weihnachten und Ferien"

„Bühne frei für Fasching und Halloween"

Weitere Bücher sollen folgen!

Nachwort

Liebe Leser,

Sie sind nun an das Ende unseres kleinen Büchleins gekommen. Wir hoffen, Sie gut und abwechslungsreich unterhalten zu haben.

Falls Sie beim Lesen auf den Geschmack gekommen sind, so gibt es von uns viele weitere schöne Bücher zum selber Genießen oder als originelles Geschenk für andere. Etwa zu Ostern, Weihnachten und Geburtstagen.

Mit freundlichen Grüßen und hoffentlich bis bald!

Ihr Ralf Neubohn

Lesetipp:

**Ralf Neubohn, Carmen Neubohn und Michael Kerawalla:
„Weihnachten mit dem literarischen Kleeblatt"**

Die folgenden Textproben sind von Ralf Neubohn:

Besinnlichkeit

Besinnlich saß Hubert am Kaminfeuer, las Ralf Neubohns witzige Gartenschaubücher und ließ sich den warmen Tee gefallen. Vor dem Kamin räkelten sich ein paar Hunde und aus dem Radio erklang schöne Weihnachtsmusik. So harmonisch, so friedlich musste Weihnachten sein, um fürs nächste Jahr Kraft zu tanken! Ein langer, gemütlicher Abend lag vor ihm. Als seine Frau ins Esszimmer kam, fragte er: „Ob mir der Weihnachtsmann wohl etwas bringt?" Sie schaute ihn erstaunt an und meinte zweifelnd: „Hast Du es vergessen? Du bist der Weihnachtsmann und solltest Dich langsam auf den Weg machen!"

„Ups!", rutschte es dem Weihnachtsmann raus, bevor er zur Arbeit ging.

Weihnachtsüberraschung

Am Heiligen Abend saß der bekannte Autor Ludwig P. Lesi-Les mit seinen Teddys im Wohnzimmer, um mit ihnen zusammen Weihnachten zu feiern. Da Bären Honig mögen, gab es Honigkekse zum Kakao. Sie hörten gemeinsam schöne Weihnachts-CDs von Dean Martin, Frank Sinatra und Johnny Cash. Als Ludwig auf vielfachen Wunsch der Teddys die Udo Jürgens Weihnachtslieder laufen lassen wollte, klingelte es plötzlich an der Tür. Wer konnte das bloß sein? Hatten sie die Musik zu laut angehabt? Vor der Tür stand der Weihnachtsmann. Oder war es Ralf Neubohn? Der sah genauso alt aus und lief immer in seinem roten Bademantel rum, weil er stets vergaß sich umzuziehen. Nun, die Frage klärte sich schnell, als hinter dem Weihnachtsmann Rudolf das Rentier reinschaute. „Was willst denn Du?", fragte Ludwig. „Bringst Du mir meine Geschenke?"

Darauf kicherte der Weihnachtsmann: „Dafür bist Du viel zu alt. Ich bin hier um ein paar Deiner doofen Bücher zu holen, welche sich Kinder seltsamerweise zu Weihnachten wünschen. Darf ich daher ein paar aus Deinem Büro mitnehmen?"

Verärgert erwiderte der Autor: „Ja, nimm halt eine Handvoll mit. Aber dass Du hier Geschenke abholst, anstatt welche zu bringen, ist schon ein starkes Stück."

Der Weihnachtsmann lief mit Rudolf ins Büro und meinte entschuldigend: „Die Zeiten werden schlechter. Alle müssen sparen, auch ich."

Ludwigs Augen wurden immer größer, als der Weihnachtsmann Sack für Sack mit seinen Romanen vollgepackte und gemeinsam mit Rudolf fortbrachte. Gereizt maulte Ludwig die Tür schließend: „So ein alter Gauner! Ein paar Bücher sagt der Kerl und nimmt 5

Säcke Bücher mit! Bei dem muss wohl auch die schwarze Null stehen!" Da fiel ihm etwas ein. Der Weihnachtsmann sagte, er sei zu alt für Geschenke. Sah er wirklich so alt aus? Besorgt eilte Ludwig ins Bad und schaute in den Spiegel und zuckte erschrocken zusammen. „Nun, ja", dachte er. „Ich sehe wirklich nicht mehr wie ein Teeny aus. Aber Autor sein ist halt einfach auch sehr anstrengend. Lesungen, Bücher schreiben, Werbung machen." Da klingelte es schon wieder. „Wenn der Typ noch mehr Bücher von mir holen will, kann er was erleben!", brummelte der Autor vor sich hin. Er riss wütend die Tür auf und schrie: „Was ist jetzt schon wieder?" Im selben Augenblick verschlug es ihm die Sprache. Vor ihm standen der Ministerpräsident und der Bundespräsident. Wollten die etwa auch säckeweise Bücher holen?

„Entschuldigen Sie die Störung Herr Lesi-Les. Wir sind schnellstmöglich zu Ihnen gekommen, um Ihnen im letzten Augenblick das Bundesverdienstkreuz zu überreichen und Ihre Wohnung zu einem Museum zu erklären. Tausende Ihrer Leser werden nach Ihrem Tod hierher pilgern."

Ludwig verschlug es die Sprache. „Was soll das heißen? Eine Wohnung wird stets erst nach dem Tod des Autors zum Museum erklärt!"

Daraufhin meinte der Ministerpräsident verlegen nuschelnd: „Na ja, da Sie viel älter aussehen, als der Urgroßvater des Weihnachtsmannes, wollten wir schnell die Sache mit dem Museum und dem Bundesverdienstkreuz erledigen. Wissen Sie, das später posthum mit den Erben zu klären ist schwierig."

Wütend giftete der Autor: „So alt bin ich nicht und sehe auch nicht so aus. Ich bin erst 22 Jahre! Alt bin ich erst, wenn ich beginne zu verkalken, oder wenn die Zeitung an meinem Nachruf arbeitet!"

Damit schmiss er die Tür den beiden vor der Nase zu und eilte zum Telefon, welches schon lange klingelte. „Was ist?", fauchte er ins arme Telefon.

„Hier ist Berta Babbelbergle. Ich schreibe gerade für meine Zeitung den Nachruf auf Sie und wollte fragen, ob Sie vorher noch was dazu zu sagen haben?"

„Wieso Nachruf? Ich bin körperlich und geistig noch voll da!"

Berta erwiderte ungerührt: „Heute sollten Sie mit Herrn Neubohn die große Weihnachtslesung im Theater machen. Haben Sie das vergessen? Weil Sie nicht kamen, vermuteten alle, dass Sie im Sterben liegen."

Belehrend rief Ludwig: „Alt und Tod ist man erst, wenn die Wohnung zum Museum wird." Nachdem ihm dies rausgerutscht war, schwieg er nachdenklich und betreten...

Lesetipp:

Ralf Neubohn und Carmen Neubohn:
„Weihnachten und Silvester mit Flammenfeder"

Die folgenden Textproben sind von Ralf Neubohn:

Neujahrsvorsätze

Angeblich wohnte die Autorin Berta Babbelbergle in einer Wohnung. Angeblich…

Niemand hatte diese Wohnung je gesehen. Denn Berta saß von morgens 8.00 Uhr bis Abends 20.00 Uhr in ihrem Stammcafé und aß mit den Leuten die sie dort besuchten Kuchen und süße Stückle. Der Briefträger, ihre Verleger, Freunde, Verwandten, Kollegen tauchten dort bei ihr auf, gaben sich sozusagen die Klinke in die Hand. Falls jemand Berta dringend erreichen musste, stand auf ihrem Stammtisch ausschließlich für sie ein Telefon, welches unter ihrem Namen angemeldet war.

Als sie an Silvester mit Terry, Ludwig P. Lesi-Les dort mit Kuchen und Sekt feierte, bemerkte sie im Gespräch, dass auch dieses Jahr alle mehr Bücher geschrieben hatten, als sie selber. Woran konnte das liegen? Sollte sie vielleicht weniger Essen und weniger mit den Leuten babbeln und dafür mehr schreiben? Sie nahm es sich fürs neue Jahr fest vor.

Am 1. Januar saß sie wieder dort von 8.00 Uhr bis 20.00 Uhr, aß Kuchen und babbelte pausenlos.

Oh, welch energischer Versuch sich zu bessern!

Weihnachtsmelodien

Der Weihnachtsmann flog mit seinem Schlitten flott durch den Himmel. Für die imposante Geschwindigkeit sorgten 12 flinke Rentiere. Mit 12 RS konnten selbst große Strecken rasant zurückgelegt werden.

Fröhlich läuteten die Glöckchen der Rentiere, übertönten sogar das laute „Ho, Ho, Ho!" des Weihnachtsmannes deutlich.

Das Geschenkeverteilen verging wörtlich im Fluge und der Weihnachtsmann kam früh nach Hause. Die Rentiere bekamen ein veganes Büffet, während Herr und Frau Weihnachtsmann Gänsebraten aßen. Da sagte der Weihnachtsmann: „Deine CD mit Weihnachtsmusik ist sehr merkwürdig. Sie besteht nur aus Glockenläuten."

Seine Frau entgegnete: „Dir schallen noch die Glocken der Rentiere nach. Das solltest Du eigentlich noch von den letzten Jahren wissen. Es wird eine Weile dauern, bis Deine Ohren wieder davon frei sind."

„Ach", antwortete er, „das hatte ich völlig vergessen. Aber jetzt weiß ich, warum ich laufend das Gefühl habe, dass jemand an der Tür läutet."

Seine schwerhörige Frau bemerkte davon nichts, während draußen Ludwig P. Lesi-Les halb erfroren Sturm läutete. Der Arme!

Weihnachtsgeschenke

Terry feierte mit den zauberhaften Altbohns Weihnachten. Nach einem gemütlichen Beisammensein kam die Zeit der Bescherung.

Oh, war das eine Bescherung! Terry schrie empört auf: „Igitt! Bücher von Berta Babbelbergle und Ludwig P. Lesi-Les! Was soll ich damit? Die sind doch völlig unnütz!"

Doch die zauberhaften Altbohns meinten: „Das siehst Du falsch. Diese Bücher sind das ideale Geschenk."

„Was? Dieses langweilige Zeug?", fragte Terry erregt und bekam zur Antwort: „Sie sind praktisch! Als Türstopper, zum Fliegenklatschen oder wenn der Tisch mal wackelt. Mit diesen Büchern lässt sich viel Sinnvolles machen."

Zum Glück hörten Berta und Ludwig das nicht. Ich habe das Gefühl, sie wären seltsamerweise etwas enttäuscht gewesen.